Hypoxie

Zum Buch
Obwohl sich Emilia nicht an den Onkel aus Portugal erinnert, folgen ihr Freund Lukas und sie der Einladung zu dessen Beerdigung.
In ihrem alten Campingbus fahren sie dem Hamburger Alltag davon in Richtung sonniger Algarve.
Im Süden Portugals angekommen, bekommt Lukas mehr und mehr den Eindruck, dass hier etwas nicht stimmt. Aber warum ist er offenbar der Einzige, der das bemerkt? Langsam türmen sich die mysteriösen Ereignisse zu einer gewaltigen Welle der Bedrohlichkeit, bis diese auf das junge Paar niederkracht.

Zum Autor
Alexander Lass, geboren 1982, ist Notfallsanitäter in Schleswig-Holstein. Er lebt mit seiner Freundin und zwei Fellnasen in Hamburg. Zusammen betreiben sie einen Buchblog auf www.paperwoods.de

Für euch,
die ihr in der Natur zuhause seid.

ALEXANDER LASS

Hypoxie

Bibliografische Information der Deutschen Nationalbibliothek:
Die Deutsche Nationalbibliothek verzeichnet diese Publikation
in der Deutschen Nationalbibliografie; detaillierte bibliografische
Daten sind im Internet über http://dnb.dnb.de abrufbar.

© 2018 Alexander Lass
Lektorat / Korrektur : Sascha Oliver Martin http://sascha-oliver-martin.de
Cover : Jessica Halermöller
Illustration : Magda u. Liz Hanke, Lisa Hohmann
Satz, Herstellung und Verlag: BoD – Books on Demand, Norderstedt

ISBN: 978-3-7448-8593-5

PROLOG

»Venha.«

»Covarde.«

»Nao se atreve.«

Und ob er sich traute. Die sollten lieber den Mund halten. Von wegen Feigling. Die würden schon sehen. Er musste sich nur seelisch vorbereiten. Und dennoch war sein Herz im Hals zu spüren. Idioten. Worauf hatte er sich nur eingelassen? Wer waren sie, dass ER ihnen etwas beweisen musste. So cool waren diese fünf Burschen nun auch nicht. Ja gut, zugegeben, Alejandro war schon ein kleiner Weiberheld und wickelte sie alle flink um den Finger.

Die anderen waren Möchtegern-Helden mit Pickeln im Gesicht und hatten eher Streiche im Kopf, als dass sie wussten, wofür das Ding zwischen ihren Beinen gut war. Auch wenn sie alle Sprüche klopfen konnten wie raubeinige Seemänner.

Aber schließlich war er es, der hier nackt auf den schroffen Klippen stehen musste, und jeder Schritt tat weh. Er hatte sich bestimmt seine Fußsohlen schon unzählige Male aufgerissen. Er stand ganz oben, in etwa sechs Metern Höhe. Seine Kumpels saßen in der Nähe am Strand oder schwammen in Sichtweite umher. Das Wasser hatte sich über den Sommer aufgewärmt, und kleine Wellen schwappten gegen den Felsen. Über Jahrtausende hatte es das salzige Wasser geschafft, Löcher in das Gestein zu fressen. Die Sonne stand tief und würde in der nächsten Stunde untergehen.

Emilio hatte den ganzen Tag im Supermarkt geschuftet, um sich in den Ferien etwas Kohle zu verdienen. Er hasste den Job. Regale einräumen. Klos putzen. Lagerarbeiten. Heruntergefallene Gläser und deren Inhalt in den Gängen aufwischen. Und er hasste nicht nur seinen Job, sondern auch seinen Vater. Denn der hatte ihn dazu gezwungen. Dafür würde sein Vater am Ende der Ferien den Restbetrag zu dem neuen Surfbrett dazu geben, was er so oft im Laden angeschaut und in seinen Händen gehalten hatte. Ein schönes Board von FATUM.

Doch nun war es an der Zeit, zu springen. Den Pennern da unten zu beweisen, dass er kein Angsthase war. Dann würde er durch das überflutete große Loch einen Meter unter der Wasseroberfläche tauchen, etwa 10 Meter dahinter am anderen Ende auftauchen und von dort den Felsen wieder besteigen. So verlangte es die Mutprobe, die sie ihm abverlangten. Die Belohnung: Teil einer Clique zu sein und zu den coolsten Partys in der Gegend eingeladen zu werden, auf denen man noch coolere Typen kennenlernte, aber vor allem eines: die hübschesten Mädchen. Irgendwie ging es doch immer nur darum. Mädels beeindrucken und eine davon zu seiner Freundin zu machen. Und sei es nur für ein paar jämmerliche Wochen.

»Para Elise!«

»Para a liberdade, Emilio!«, schrien sie ihm von unten zu.

Seine Hände umschlossen seine Eier, er stieß ein kurzes Gebet Richtung Abendhimmel, holte tief Luft und sprang.

Die Füße voran stieß er in den Atlantik der Algarve. Schlagartig verstummte das Gejohle der Jungs, die Schreie der Möwen und das Plätschern der Wellen. Tiefer und tiefer wurde sein Körper ins Meer gedrückt. Wie der Pfeil einer Harpune schoss er nach unten. Nur noch dumpfes Gluckern gelangte an sein Trommelfell. Er breitete seine Arme aus, als könne er sich am Wasser festhalten, um endlich seinen Sturz in die Tiefe zu beenden. Doch es dauerte noch eine gefühlte Ewigkeit, bis sein Körper wieder aufzusteigen begann.

Aufgewühltes, schaumiges Wasser voller Bläschen sammelte sich um seinen Körper wie ein Schutzschild. Er musste die Luft anhalten, er musste es einfach schaffen. Wie besessen presste er seine Lippen aufeinander. Kurz dachte er, er würde es nicht schaffen, aber dann kam er an die Oberfläche, stieß einen grässlichen, beinahe beängstigenden Laut aus und saugte frische Luft in seine Lungen.

Die Jungs grölten und applaudierten. Hätten sie bestimmt nicht gedacht, dass er sich wirklich trauen würde.

Doch der wirklich schwere Teil stand ihm erst noch bevor.

Zwar war er schon etliche Male durch dieses riesige Loch gegangen und hatte hier kleine Krabben gefangen. Aber das war bei Ebbe. Wenn sich das Meer zurückgezogen hatte.

Nun war das Loch mit Wasser gefüllt, und es würde ihn viel Kraft und Sauerstoff kosten, sich durch dieses felsige Labyrinth zu arbeiten. Er hoffte und betete, dass er nicht unbeabsichtigt eine falsche Abzweigung nahm und hier mit seinen 13 Jahren sterben würde. Ein nasses Grab für einen kindlichen Idioten auf der Suche nach Anerkennung, die er zuhause nicht bekam.

Er hatte immer die Fischer beneidet, die nur mit Schnorchel, Flossen und ihrem Speer in die Tiefen tauchten und dort eine gefühlte Ewigkeit verbringen konnten, als wäre es ihnen möglich, unter Wasser zu atmen. Oder als wären ihnen mit der Zeit Kiemen gewachsen.

Hunderte von Youtube-Videos hatte er sich angesehen über die sogenannten Freediver und Apnoetaucher. Die nicht auf der Suche nach Fischen waren, sondern auf der Jagd nach dem nächsten eigenen Rekord und sich mit Gewichten in die Tiefe ziehen ließen. Ihm war bewusst, wie gefährlich dieser Sport war und wie viele bereits ihr Leben dafür gelassen hatten. »Wie eine Droge« hatten es einige beschrieben, wenn sie den Kick erlebten.

All das schoss ihm innerhalb der wenigen Sekunden durch seinen Kopf. Er wollte nicht in irgendeiner Klinik künstlich beatmet werden und wegen des durch Sauerstoffmangel abgestorbenen Hirngewebes den Rest seines Lebens an die Decke starren. Sein Herz pochte schneller und schneller und er bekam Angst. Er merkte, wie er zu hyperventilieren begann und versuchte, sich zu beruhigen, indem er den Kopf unter Wasser tauchte. Langsam ließ er die Füße an die Oberfläche schweben und lag nun auf dem Rücken, die Ohren unter Wasser. Plötzlich war alles still. So etwa müsste er es als Baby erlebt haben, im schützenden Bauch seiner Mutter. Tatsächlich, sein Trick funktionierte. In der Stille konnte er sich langsam beruhigen. Während die Sonne auf seinen jugendlich-athletischen Körper schien, versuchte er, weiterhin ruhig und gleichmäßig zu atmen.

Dann schließlich ließ er die Beine wieder sinken und deutete seinen Freunden mit einem in den Himmel ausgestreckten Daumen, dass alles okay und er bereit sei. Er ignorierte ihr pubertierendes Geschrei.

Mehrmals holte er tief Luft und stieß sie jedes Mal wieder kräftig aus. Dann begann er bewusst schneller zu atmen. Das hatte er aus den Videos gelernt. Holte ein letztes Mal tief Luft und tauchte unter, die Beine hinter sich in die Tiefe ziehend, wie ein Wal, der auf Tauchgang ging.

Das Salz brannte etwas in seinen Augen, und seine Hände tasteten sich an dem Gestein entlang. Manchmal, wenn er einen größeren Brocken in den Fingern spürte, stieß er sich kräftig davon ab. Er merkte, wie es enger wurde in seiner Brust. Wie es in ihm brannte. Aber er durfte nicht ausatmen. Denn dann wäre da nichts mehr in seinen Lungen. Unvermeidbar würde der Sog durch den entstandenen Unterdruck kommen, würde das salzige Wasser in seine Lungen saugen und ihn qualvoll ersticken lassen.

Lieber den wenigen vorhandenen Sauerstoff nutzen.

Vor ihm lag nur triste Dunkelheit, und die Muskeln seines Körpers bettelten nach frischer Luft, die er ihnen gerade jedoch nicht geben konnte. Stattdessen forderte er ihnen alles ab und schlug heftig mit seinen Beinen, um voranzukommen.

Panik machte sich in ihm breit. Die Kraft verließ ihn. Seine Muskeln, sein Gehirn rebellierten und er hatte das Gefühl kurz vor der Ohnmacht zu stehen, als er schließlich Lichtstrahlen im Wasser sah, die im Sekundentakt näherkamen. Er musste ganz in der Nähe der Öffnung sein, nur noch wenige Meter entfernt. Sein Körper trieb langsam nach oben, und er kratzte mit seinem Rücken am scharfkantigen Gestein entlang. Er schrie auf und die Luft entwich in riesigen, blubbernden Blasen seinen Lungen. Reflexartig wollte er Luft holen, doch er erinnerte sich daran, dass dies seinen Tod bedeuten würde. Also brachte er seine letzte Kraft auf, riss sich zusammen und stieß sich erneut ab. Kurz darauf spürte er keinen Felsen mehr über sich und tauchte nach oben.

Nach Luft ringend, hustend und würgend, begriff er allmählich, dass er es tatsächlich geschafft hatte. Das war knapp. Aber das würde er so natürlich keinem erzählen.

Seine Finger wischten das Meereswasser aus seinen Augen, und er kämmte mit der Hand seine dunklen Haare zurück. Er blickte auf die Weite des Atlantiks vor ihm und fragte sich, ob er jemals in seinem Leben noch etwas anderes als dies hier sehen würde. Seine Beine paddelten im Wasser, und er lenkte sich mit den Händen zurück in Richtung der Felsen.

Dort, vom restlichen Tageslicht angestrahlt, trieb etwas und wurde durch die Wellen immer wieder an den Felsen gedrückt. Eine Möwe ließ sich auf dem Etwas nieder, was er bis eben für Treibgut gehalten hatte. Sie begann daran zu picken. Erneut rieb er sich die Augen. Spielte ihm sein Kopf einen Streich? War er noch zu durcheinander von seiner wahnsinnigen Mutprobe und dem fehlenden Sauerstoff? Doch dann riss die Möwe etwas aus diesem Ding heraus.

Es war fest und rötlich. Ja, eindeutig. Die Möwe riss Fleisch aus einem Kadaver. Wie eklig. War es ein Wal? Ein Delfin? Oder vielleicht ein Hai? Selten, aber möglich.

Auch wenn er gar nicht wollte, schwamm Emilio doch langsam darauf zu. Und je dichter ihn seine Schwimmzüge brachten, umso deutlicher erkannte er die abgespreizten Arme und die halb an der Oberfläche, halb unter Wasser schwebenden Beine, sowie dunkle Haare an einem runden Kopf.

Ihm stockte der Atem, und doch konnte er sich nicht dagegen wehren. Er schwamm weiter darauf zu. Er wollte nach seinen Freunden rufen, die sich vermutlich schon Sorgen machten. Oder auch nicht, weil sie lieber wieder einem Mädchen am Strand hinterher geierten. Aber sein Mund war so trocken und es schien, als hätte er seine Stimme in der Tiefe gelassen.

Eine große Welle rollte von hinten über ihn hinweg, und er erschrak. Dann verschwand der Körper für kurze Zeit vor ihm in den Wassermassen. Laut hörbar und kräftig schlug die Welle gegen die Felsformation und hinterließ ihre nassen Spuren.

Plötzlich ließ es Emilio das Blut in den Adern gefrieren. Er starrte in ein blutüberströmtes Gesicht mit toten weißen Augen.

Sein schriller Schrei alarmierte seine Freunde, die sich verwundert ansahen, im nächsten Moment aber zu ihm schwammen, als wäre der weiße Hai hinter ihnen her. Sie kamen gerade rechtzeitig, um zu sehen, wie Emilio versuchte, den toten menschlichen Körper von sich abzuwehren, der durch den Rückstrom immer wieder gegen ihn gepresst wurde.

Dann schrien auch sie.

Alejandro war der Erste, der den Strand erreichte und völlig außer Atem in das kleine Café stolperte. Die Gäste starrten ihn abwertend an und widmeten sich dann wieder ihrem Kuchen und ihren Fischgerichten.

»Cadáver!«, brachte er erst leise, noch nach Luft ringend, heraus. Doch dann immer lauter und energischer.

»Cadáver!«

»CADÁVER!«, schrie er schließlich den Kellner an, griff in dessen Hemd und deutete mit der anderen Hand in Richtung des Felsens, der aussah wie ein Totenschädel.

TEIL 1

1.

Ein kurzer, halb interessierter Blick in Richtung der gerade geöffneten Tür, und dann verschwand die Katze auch schon im
Schlafzimmer.

»Ja auch ›Hallo‹ … Ja, danke. Mein Tag war toll … ich freu mich
auch, dich zu sehen, Minevra!«, warf Emilia in den nun leeren
Flur und feuerte die Post auf den Esstisch. Es gab keine Antwort,
keinerlei Reaktion. Katzen eben.

Ihr Rucksack landete in der Ecke, und an der Garderobe tropfte
jetzt das Wasser von ihrem Mantel auf den Dielenboden.

Flink stellten ihre Finger das Uralt-Radio von irgendeinem An-
tikmarkt ein, und Hunter von Aldous Harding hallte durch die
65qm^2-Wohnung in Alsterdorf, ganz in der Nähe zum Hamburger
Stadtpark.

Der Tag im Büro hatte sie echt geschafft, und eigentlich war
sie in zwei Stunden zum Sport verabredet. Allerdings sorgte der
Regen nicht unbedingt für einen Motivationsschub sich nochmal
nach draußen zu begeben. Viel besser wäre es, die Kerzen an-
zuzünden, die alle Räume dann nach Ocean Mint duften lassen
würden. Dazu einen heißen Tee … oder doch besser einen heißen
Kakao; ein Buch in die Hand, ab auf die Couch, unter die Decke
mümmeln und lesen und warten, bis Lukas nach Hause käme.
Dann würden sie zusammen was Leckeres kochen, sich aneinan-
derkleben und die neue Folge Game of Thrones gucken.

Okay, 1:0 für dich, Schweinehund. Verdammt. Wieder einmal
hatte sie ihm nachgegeben. Wenn ihr Freund das machte, war sie
immer sauer auf ihn und zog ihn damit auf.

Aber mal ehrlich, abhängen im Fitnessstudio und sich einen abschwitzen, trotz der wenig überzeugenden acht Grad draußen, oder aber lesen. LESEN. Die Antwort würde immer Lesen sein. Immerhin war sie mit dem zweiten Buch der Reihe fast durch und das neue lag schon bereit und schrie förmlich nach ihrer Aufmerksamkeit.

Verdammt, sie musste endlich einen Job finden, der was mit Büchern zu tun hatte. Diese ganze Büroscheiße konnte sie einfach nicht mehr ertragen. Hatte das alles ein größeres Ziel, was sie da machte, 30 Stunden die Woche? Vermutlich nicht. Aber wenn sie in der Nähe von Büchern wäre, ja wenn sie nur einfach diesen Geruch in sich saugen könnte, dann wäre das für sie, wie für andere der Energieschub von Kaffee am Morgen.

Sie sollte sich wirklich mal nächste Woche damit auseinandersetzen, ein bisschen die Suchmaschinen in Wallung bringen und endlich Nägel mit Köpfen machen.

PROCRASTINATION ermahnte sie ihr Gehirn. Hör auf, alles vor dir herzuschieben. Du bist jetzt erwachsen. Du musst jetzt auch echt mal deinen ganzen Mist allein auf die Reihe bekommen und einfach mal machen. »Okay okay – ich mach es gleich, aber erst …« und ihre Finger flogen über die Displaytastatur.

»Hey Sporty Spice … ich muss dich leider versetzen. Hatte heut 'nen miesen Tag und hab wirklich, wirklich keine Lust auf Sport heute. Und daran werden auch deine Überzeugungskünste nix ändern. Montag bin ich wieder am Start.«

Gesendet. Gelesen. Keine Antwort. Vermutlich hatte sie es nun endgültig ausgereizt, und ihre ehemalige Mitbewohnerin hatte einfach die Schnauze voll von ihren spontanen Absagen. Ihr Gewissen begann sich langsam bis zu ihrem Bauch vorzuwagen.

Aber sie musste sich ablenken. Füllte den Wasserkocher, stellte ihn ein und ging ihre Post durch.

»Na mal sehen.«

Werbung. Sie legte einen neuen Stapel auf dem Esstisch an, und die ersten drei Briefe landeten direkt hier. Versicherung. Bleibt auf der Hand. Douglas-Zeitschrift. Zwei Briefe für Lukas und die neue Crime-Zeitschrift. Und... was war das? Sie drehte den Brief um und konnte keinen Absender erkennen. Wieder drehte sie ihn. Er war an sie adressiert. Eine Briefmarke aus ... was stand da? Portugal? Ihre Stirn runzelte sich entsprechend ihrer Verwunderung. Sie zog den Stuhl vom Tisch ab und setzte sich, während ihre Synapsen in allen Schubladen ihres Kopfes auf die Suche gingen, wen sie in Portugal kennen würde, oder ob irgendeiner ihrer Freunde gerade dort war. Sie nahm das Obstmesser aus der Schale und öffnete damit den Umschlag.

Mit einer Mischung aus Spannung und Skepsis holten ihre Finger den Brief heraus. Ihre Augen flogen über die Zeilen wie Hamsterzähne über den Maiskolben. Wieder und wieder.

Als sie verstanden hatte, worum es hier ging, legte sie das Papier auf den Tisch, und ihre Mundwinkel setzten zu einem Grinsen an.

Heute war kein Abend für Kakao. Heute war es Zeit für einen Wein.

2.

Sie erkannte ihn schon an seinen Schritten im Treppenhaus. Emilia klappte das Buch zusammen, sprang von dem Sofa, warf dabei fast ihren Rotwein um und sprintete zur Tür, nur um sie einen Sekundenbruchteil vor ihm zu öffnen.

»Hallo schöner Mann, darf ich Ihnen das abnehmen?«, fragte sie und griff nach der Einkaufstüte.

»Kommen Sie. Kommen Sie.« und forderte ihn mit einladender Geste dazu auf, die gemeinsame Wohnung zu betreten.

Er lachte und schaute sich im Flur um. Seine Augen wanderten scheinbar interessiert von der Decke zu den Wänden.

»Aha, hmm, ahh … ja, das sieht doch sehr gemütlich aus. Ich glaube, ich bleibe eine Nacht hier. Oh dieser Stuck, ausgezeichnet, so was sieht man ja heute kaum noch.«

»Darf ich Ihnen Ihre Jacke abnehmen, junger Mann?«

Sie ließ ihm keine Zeit zum Antworten und riss ihm förmlich die Jacke von den Schultern. Dann verschwand sie kurz in der Küche und kam mit einem Glas Portwein in den Händen zurück.

»Der Herr, ein kleines Begrüßungsgeschenk aus der Küche. Sie mögen Portwein?«

Er griff nach dem Glas, schwenkte die Flüssigkeit umher, führte es zu seiner Nase und setzte dann zu einem Schluck an. Die bernsteinfarbene süße Flüssigkeit lief seine Kehle hinab und verzauberte seinen Gaumen.

»Mögen? Ich liebe ihn. Ein ausgezeichneter Tropfen. Wir sind uns doch einig, dass Porto wieder die Hauptstadt werden sollte, oder, junge Dame?«

Emilia nickte bedächtig und verschwand im Wohnzimmer. Lukas nahm noch einen Schluck aus dem Glas, dann ging er hinter ihr her.

Er sah die halb leere Flasche Rotwein auf dem Tisch stehen und sah Emilia nach, wie sie sich auf die Couch setzte und ihn zu sich bat, indem sie mit ihrer Hand auf die Fläche neben sich klopfte.

»Ich bin mir unsicher, ob so viel gute Laune das Richtige für unsere Nachbarn ist«, witzelte er und machte ein paar Schritte auf sie zu.

»Keine Angst, junger Mann. Wir tun hier nichts, was sie nicht möchten.« Sie zog ihn auf die Couch und beugte sich zu ihm herüber. Ihre Lippen und ihre Zunge küssten ihn gierig. Es dauerte eine Weile, bis er den Alltag abwerfen und sich auf sie konzentrieren konnte. Er packte sie am Nacken und zog sie noch fester an sich. Sie griff ihm fest in den Schritt und seine Hände zogen ihre Jogginghose über ihren Hintern. Er griff fest zu, weil er wusste, dass sie es so mochte. Sie merkte, wie er hart wurde. Doch sie würde es ihm nicht zu einfach machen. Also ließ sie ab von ihm und ließ sich zurück aufs Sofa fallen, wo sie begann, an sich selbst herumzuspielen. Ihr war bewusst, welche Wirkung das auf ihren Freund hatte.

Übermannt von einem unbändigen Trieb, zog er seine Jeans aus, riss sich das Shirt über den Kopf und griff sich in die Unterhose. Sie sah, wie seine Hand sich darunter bewegte. Langsam ging er vor ihr auf die Knie und begann, sie zu lecken, bis er es nicht mehr aushielt. Dann stand er auf, packte sie an den Haaren und drehte sie um. Er zog sie an ihren Hüften in die richtige Position und drang hart und fest in sie ein. Seine Hände umklammerten ihre Brüste und drückten zu. Zwischendurch schnappte er sich ihre Haare und zerrte daran, als wollte er ein wildes Pferd zur Räson bringen.

Er bewegte sich schneller, und seine Atmung wurde tiefer, genau wie seine Stöße, bis er in ihr kam.

Er reichte ihr ein Taschentuch. Dann legte er sie langsam auf das

Sofa und ging um die Rückenlehne herum. Seine Finger berührten sie, und er begann an ihr zu reiben. Rhythmisch. Im Kreis. Seine andere Hand legte sich über ihren Mund. Und es dauerte nicht lange, bis sie ihre Füße durchstreckte und ihre Muskeln sich anspannten. Ihre Hände verkrallten sich in dem Stoff, und schließlich kam auch sie.

Anschließend nahm er den letzten Schluck seines Portweins, stellte das Glas ab, legte sich dicht an sie und schlug die Decke über beide. Er küsste ihre Wange und schaute sie an. Ihre Augen waren geschlossen, und sie pustete die Anstrengung der letzten Minuten aus den Wangen.

»Wieviel Lust hättest du, ans Meer zu fahren?«, fragte sie.

»Jetzt?«, erwiderte er verdutzt.

»Nein. Aber nächste Woche. Und ich mein' richtiges Meer. Atlantik. Wellen. Strand. Sonne. Surfen.«

Er drückte sich ein wenig von ihrem Gesicht weg, um sie besser in den Fokus nehmen zu können, und schaute sie fragend an.

»Naja, mega Lust, aber da ist man ja auch nicht mal eben so. Wie kommst du denn jetzt darauf?«

Sie rappelte sich auf, rangelte sich über ihn und setzte sich neben die Couch an seine Seite. Ihre Finger wühlten durch sein Brusthaar.

»Roadtrip nach Portugal?«

»Haha … sehr witzig. Du weißt, wie gern ich dahin will. Aber das geht ja jetzt mal eben schlecht.«

Emilias Hand griff nach dem Briefpapier und hielt es ihm vor die Nase.

»Wir hätten zumindest einen Grund!«

Fragend sah er sie an, nahm das Papier aus ihren Händen und las den ersten Absatz.

»Und wer ist …«

»Lies weiter«, unterbrach sie ihn fordernd. Er konzentrierte sich wieder auf die handschriftlichen Zeilen, deren Schrift allerdings etwas schwer zu lesen war.

Am Ende angekommen, starrte er fragend in ein strahlendes Gesicht.

»Na … na … ist das geil, oder was?!«

»Der Tod dieses … Onkels«, und dabei setzte er Anführungszeichen mit seinen Fingern in die Luft »ist geil?«

»Nein, das nicht, aber ich kenn' den noch nicht einmal! Aber sie lädt uns dahin ein.«, erwiderte sie aufgeregt.

»Sie lädt uns auf seine BEERDIGUNG ein. Das ist jetzt nicht so ein Super-Event. Ich mein, ich weiß, du bist etwas anders in deinem Kopf ab und an, aber ich bin mir unsicher, ob deine Reaktion gerade nicht etwas Psycho rüberkommt und ich dich einweisen lassen sollte.«, sagte er und griff ihr so fest ans Knie, dass sie quiekte.

Jetzt setzte auch er sich auf.

»Mal ernsthaft jetzt. Was ist das? Eine Verarschung? Woher haben die deine Adresse? Wer ist das?«

»Ich weiß es nicht. Ich habe noch nie von dem gehört. Hätte ich gewusst, dass ich 'nen Onkel in Portugal habe, wäre ich schon 100 Mal dagewesen. Der Brief war so im Kasten. Und er ist von Hand geschrieben. Ich meine, wer würde sich sonst solche Mühe geben. Guck, selbst die Briefmarke und der Stempel sind von da.« Sie hielt ihm den Umschlag unter die Nase.

»Ich hab schon Mama geschrieben, ob sie ihn kennt, aber sie hat noch nicht geantwortet.«

Nochmals überflogen seine Augen die unerwarteten Zeilen.

»Portugal. Geil wäre das schon. Raus hier. Weg von dem Mistwetter. Aber wie kommen wir vom Flughafen dahin? Meinst du, die holt uns ab? Und wo ist das überhaupt?«

»Algarve. Süd-Portugal. Und nein, wir fliegen nicht. Wir holen unsere Möhre aus'm Stall und machen 'nen … ROADTRIP … öhhh, öhhh«, und tat so, als würde sie die Hupe in der Mitte des fiktiven Lenkrads drücken.

Lukas lachte. Er liebte sie für ihre Bekloppheit. Für dieses ganze jugendliche Verrückte in ihr. Zusammen imitierten sie nun

Beschleunigungsgeräusche, pöbelten die unaufmerksamen Autofahrer an, grüßten die anderen Bullifahrer und traten so schon im Wohnzimmer ihre nächste Reise an.

»Aber du Super-Brummi … wie soll das denn gehen? Wir brauchen mindestens … was … 'ne Woche da runter? Das dauert doch ewig. Und Urlaub ist das auch nicht. Sondern nur stundenlanges fahren, Beerdigung und wieder fahren. Und für was? Ich mein, erbst du da was, oder wie?«

»Neunundzwanzig Stunden …laut Google Maps! Bäm.«

»Hahaha JAA … bei normaler Geschwindigkeit. Du kennst unsere Möhre. Da kannste locker 10 Stunden rauf rechnen. Und dass wir schön in Frankreich Maut blechen dürfen, hast du Entdecker-Genie wohl auch vergessen zu berechnen, oder? Und ohne Maut sind das bestimmt noch weitere 10 Stunden extra.«

Emilia schob ihre Unterlippe vor, setzte einen flehenden Blick auf, schaute ihn an und begann, seinen Rücken zu kraulen.

»Komm schon. Komm. Zwei Wochen Urlaub. Vier Tage runter. Vier Tage rauf. Bleiben noch sechs Tage für uns. Okay, fünf, wenn man die Beerdigung abzieht. Aber die geht ja sicher auch nicht Stunden.«

Lukas mochte ihre Naivität, und er wollte eigentlich auch gar nicht widersprechen, denn zu sehr verlangte seine Seele gerade nach Urlaub. Sehnte sich danach, abzuschalten und den Wellen zu lauschen. Der letzte Urlaub war schon knapp acht Monate her, und es schien wirklich an der Zeit, all dem hier mal den Rücken zu kehren. Aber er konnte unmöglich mal eben so zwei Wochen Urlaub nehmen. Und schon gar nicht so spontan – denn immerhin sollte die Beerdigung am nächsten Wochenende sein. Er tippte sich mit dem Zeigefinger gegen die Schläfe.

»Du bist doch verrückt. Wie willst du denn, von mir will ich gar nicht sprechen, mal eben zwei Wochen Urlaub bekommen? JETZT?«

»Och komm, sei nicht immer so erwachsen! Es ist doch mein geliebter Onkel, der immer auf mich aufgepasst hat und der jedes Jahr hier war und mich so mochte und ich ihn und …« Sie blickte nach oben und überlegte weiter, was ihr noch alles einfallen würde, warum sie jetzt so dringend frei nehmen müsste. Zwei Wochen.

»Schon klar … okay, gehen wir mal davon aus, die springen drauf an und du bekommst deinen Urlaub, was soll ich denn machen? Du weißt wie es derzeit bei uns aussieht. Ich kann da nicht einfach mal spontan weg. Der Dienstplan steht.«

Sie warf sich gegen ihn und schmiegte sich fest an seinen Körper. Dann ergriff sie ihr Handy. Ihr Finger raste über das Display und plötzlich erschien das Geräusch von rauem Seegang. Wie die Wellen an die Felsen klatschten.

»Mach mal die Augen zu!« Er schloss sie, und gemeinsam lauschten sie der wogenden See. Er atmete tief ein, so als könne er die salzige Luft des Meeres in sich aufsaugen. Dieses Geräusch brachte ihn sofort zur Ruhe, und alle Anspannung fiel von ihm ab, wie nasser Sand, der zu trocknen begann und sich schließlich von der Haut löste.

»Sag mir, dass du das nicht unbedingt live hören willst!«, säuselte sie nach ein paar Minuten.

3.

Lukas lag hinter ihr im Bett und hatte seinen Arm über sie geworfen. Seit zwei Stunden lag er nun wach, in vier Stunden würde sein Wecker klingeln, und dann würden ihm 12 Stunden Dienst bevorstehen. Super, dachte er. Aber die Idee ließ ihn nicht los. Emilia atmete tief und schlief fest in seiner Obhut. Ihr Körper strahlte die Hitze von drei Sonnen ab, und obwohl der eigentliche Sommer noch einige Monate entfernt war, stand Lukas jetzt schon der Schweiß auf der Stirn.

Sein Kopf arbeitete, und er überlegte, wie er das alles möglich machen könnte.

Zwei Wochen Urlaub…pff…klar…spontan…kein Problem… fast 3.000 Kilometer mit 'nem Bulli zu einer Beerdigung eines Typen, den sie nicht kannten.

Irgendwann glitt er dann wohl doch in einen überfälligen Schlaf. Bis das langsam ansteigende Geräusch des Weckers ihn aus seinem Surftraum holte. Gerädert öffnete er die Augen. Sein Finger wischte über das Display und brachte den Störenfried zur Ruhe. Nur zu gern würde er hier liegen bleiben…hier, neben ihr. Dann setzte er sich auf die Bettkante, stemmte sich hoch, watschelte Richtung Badezimmer und stieg in die Dusche.

Er genoss die warmen Wasserstrahlen auf seinem Körper. Fast wäre er unter der Dusche im Stehen wieder eingeschlafen. Aber sein Pflichtbewusstsein sorgte dafür, dass er wach blieb.

Keine zehn Minuten später war er fertig. Geduscht, Zähne geputzt, gestylt – jedenfalls das, was er darunter verstand, Rucksack gepackt und bereit für den Arbeitstag. Wie jeden Morgen ging er aber erst einmal zurück ins Schlafzimmer, beugte sich zu Emilia herunter und drückte ihr ein paar Küsse auf das vom Kissen zerknautschte Gesicht. Es dauerte immer eine Weile, bis sie langsam wach wurde und sich ein Grinsen auf ihren Lippen erkennen ließ.

»Hey …guten Morgen. Ich versuch' mein Bestes, das heute zu klären.« Auch wenn er absolut keine Ahnung hatte, wie das Ganze funktionieren sollte. Sie schlang ihre Arme um ihn, zog ihn zu sich heran und küsste ihn weiter. Aber sein Kopf war die ganze Zeit bei dieser Sache und er konnte ihre Küsse nicht genießen, ja, er bekam sie fast noch nicht einmal mit. Er musste seinen Kopf davon befreien und versuchte sich auf die Situation zu fokussieren. Oft genug hatte er in seinem Beruf die letzten Minuten von Menschen miterleben müssen. Er hatte sich dabei immer wieder gefragt, wie sie wohl ihren Tag begonnen hatten. Ob sie sich verabschiedet hatten. Ob sie den Moment wertzuschätzen wussten. Und das brachte ihn dazu, jeden Tag liebevoll ›Tschüss‹ zu sagen. Und zwar, indem er sich dem Moment hingab. Kein flüchtiger Kuss. Keine Floskeln. Sondern dieser Moment, in dem man den anderen spürte. An seinem Körper. Auf seinen Lippen. Auf seiner Zunge. In seinem Ohr. Nichts davon war für die Ewigkeit.

Sie brachte ihn zur Tür und winkte ihm zum Abschied, als er sich im Treppenhaus auf der Treppe nochmal zu ihr umdrehte. Er wusste, dass sie in ein paar Sekunden, wenn er die Eingangstür verlassen hatte, oben am Fenster stehen und ihm weiter winken würde. Und er würde seine Hände verschränkt vor sein Herz halten, sie ansehen und zurück-winken.

Dann stieg er in sein Auto und fuhr über die Flughafenumgehung nach Norderstedt.

»Okay, pack den Bus!«, schrieb er ihr.

Es dauerte ein paar Minuten, bis sein Telefon klingelte.

»Ist das dein Ernst?«, fragte sie aufgeregt.

»Jaaaaa. Unglaublich, oder? Ich habe mit Sven geschnackt.

Und mit Katja. Und beide meinten, es gehe klar. Gut, ich muss dafür ein paar Abendessen springen lassen und soll eine Kiste

Portwein mitbringen. Ich muss dafür büßen, indem ich im Anschluss ein paar extra Schichten übernehmen muss. Aber ich habe gesagt, wie wichtig dir das Ganze ist und dass ich dich da nicht allein die ganze Strecke fahren lasse und ich im Notfall immer noch mit 'nem Flieger nach Hause kann. Aber es fängt nächste Woche eh ein neuer Kollege an und somit …« Er war völlig aus dem Häuschen und sich selbst nicht ganz sicher, wie er das hinbekommen hatte.

»Oh Mann, geil. Danke, Darling. Das … puuh … das bedeutet mir echt viel. Ich hatte übrigens mit Mutti telefoniert. Und jetzt ergibt das auch alles einen Sinn. Anscheinend war ich als kleines Kind öfter dort. Er hat wohl sogar mal einen ganzen Sommer auf mich aufgepasst, während Mutti und Papa in der Gegend rumgefahren sind. Kannst du dir das vorstellen? Die haben mich da allein gelassen und haben 'nen fetten Lovetrip gemacht. Verdammte Hippies. Naja, jedenfalls hatte ich in dem Sommer diesen Badeunfall, von dem ich dir mal erzählt habe. Leider ist einiges davor wohl von meiner Festplatte gelöscht. Und weil Mutti meinem Onkel die Schuld daran gab, haben sich beide verzofft und sie hat den Kontakt abgebrochen.«

Er war beruhigt, dass es wenigstens irgendeine Verbindung gab. Auch wenn es ihm immer noch komisch erschien, dass ausgerechnet sie, die ja nun seit mindestens 15 Jahren nichts mehr von diesem Onkel gehört hatte, über dessen Ableben informiert und zur Beerdigung eingeladen wurde. Sei es drum. Das wäre ein trauriger Tag von zwei Wochen Urlaub. Und sie hatten sich diesen Urlaub verdient. Es war an der Zeit, auch mal was vom Leben zurück zu bekommen.

Bei irgendeinem Familientreffen, kurz nachdem sie zusammengekommen waren, hatte er die Bilder von ihr auf der Intensivstation in einem der Familienfotoalben gesehen. Da war sie bereits auf dem Wege der Besserung. Sie wäre damals fast ertrunken. Musste wiederbelebt werden und lag lange Zeit im Koma. Lange ging man von einem hypoxischen Hirnschaden aus. Aber nachdem sie aufwachte, dauerte es nicht lange, bis es ihr wieder gut ging. Sie brauchte noch ein paar Monate Rehabilitation und die Hilfe eines Logopäden. Sie konnte sich an vieles vor dem Unfall nicht erinnern. Einige Kindheitserinnerungen waren förmlich gelöscht, und so wusste sie vieles nur durch Erzählungen ihrer Eltern und von eingeklebten Fotos. Ansonsten blieben keine weiteren Schäden zurück. Ihrer Mutter kamen immer noch die Tränen, wenn sie von dem Unglück sprach, das sich im Gedächtnis eingebrannt hatte wie ein Brandloch im teuren Teppich.

»Okay, dann also …«, es ratterte in seinem Kopf. Er war dieser Planungsmensch, der Listen brauchte und Zeit und Ruhe und das Internet, um solch einen Trip zu organisieren »fahren wir einkaufen und machen die Karre das Wochenende klar? Ich hau hier so gegen halb sechs ab.«

»Klingt gut. Das heißt, wir fahren Sonntag los?«

»Ich denke das reicht«, erwiderte er.

»Dann haben wir sechs Tage Zeit, um da runter zu kommen. Das sollte passen. Mach schon mal 'ne Einkaufsliste. Fuck, ich hoffe echt, die Möhre ist fit und hält durch. Vielleicht kann Stefan ja nochmal flink 'nen Ölwechsel machen?!«

Irgendwie nervte es ihn, dass ihr gemeinsamer Wagen unbedingt in der Halle ihres Ex-Freundes stehen musste. Im Speckgürtel von Hamburg. Eine halbe Stunde Fahrt. Aber immerhin stand er hier sicher und trocken und der Typ hatte im Gegensatz zu ihm Ahnung von Autos. Und er tat ihr immer noch gerne Gefallen. Immerhin besser, als aus dem Fenster auf den leeren Parkplatz zu starren, an dem man seinen treuen Gefährten am vorherigen Abend abgestellt hatte, um dann den nächsten von tausenden Facebook-Posts mit »Hat jemand diesen Bulli gesehen?« zu veröffentlichen. Dass diese Karren immer noch so begehrt waren und gezockt wurden, wie Gläser in beliebten Hamburger Kneipen.

»Das mach ich. Und klar hält die Kleine durch. Sie muss.«, sagte Em und freute sich innerlich ein Loch in den Bauch.

»Wir sehen uns heute Abend, Surferboy … pack die Badehose ein … und ein paar schwarze Klamotten.«

»Ich habe gar keine Zeit, meinen ohnehin schon derbe heißen Body noch weiter in Form zu bringen für die ganzen Ladies da draußen. Oder meinst du, 'n Brett unterm Arm reicht aus?«

Er war sich bewusst, dass er mindestens zehn Kilo zu viel auf den Rippen hatte und eine kleine Wampe, die ihn immer an die Wasseroberfläche holen würde. Er hatte keine Ausdauer und keine Lust auf Fitnessstudios. Und schon gar keine Lust auf Laufen. Dieser ganze Jogging-Wahn kotzte ihn an.

»Wenn die dich zu lange angucken, fressen die 'nen Sandkuchen, da kannst du von ausgehen. Oder die machen einen kleinen Waschmaschinen-Gang mit der nächsten Welle. Keiner schnappt sich meinen Boy weg.«, sagte sie so ernst, als stände die heiße Bikini-Girl-Konkurrenz schon neben ihm.

»Okay, okay … aber verdenken kann man es ihnen nicht. Babe, ich muss weitermachen hier. Wir schnacken heut' Abend weiter.«

Er legte auf und kümmerte sich um den restlichen Kram auf seinem Schreibtisch, verfasste ein paar Mails und entschuldigte sich für das spontane Wegbleiben ab nächster Woche. Dann instruierte er ein paar seiner Kollegen über zu klärende Angelegenheiten und arbeitete noch ein paar weniger relevante Aufgaben weg.

Ein paar Stunden später verschloss er die Tür hinter sich. Er klebte einen Zettel an sein Firmen-Postfach, auf dem stand »Sorry, out for living – bin im Urlaub« und verließ die Rettungswache. Die würden schon so lange ohne ihn zurechtkommen. Fast heimlich, in der Hoffnung keinem mehr über den Weg zu laufen, der vielleicht noch ein Anliegen hatte, verließ er das Gebäude und stieg in sein Auto. Der Druck des Tages fiel von ihm ab. Parkway Drive dröhnte durch die Boxen, die Wolken ließen ein paar Sonnenstrahlen durch die Decke blitzen. Er setzte die Sonnenbrille auf, und sein Urlaub begann just in diesem Moment.

TEIL 2

4.

Jedes Fach des T4-Busses war vollgepackt. Im oberen hinteren Teil befanden sich das Gepäck, das Longboard und die Yogamatte. Das Bett unten war ausgeklappt, nachdem die Spiritustöpfe aufgefüllt worden waren. Ein voller Topf sollte für die ersten Tage ausreichen, um etwas kochen und braten zu können.

Über dem Bett am Kopfende gab es noch einen kleinen Schrank, den Emilia hasste. Hier fand man Töpfe und Pfannen sowie Plastikbehälter für übriggebliebenes Essen. Es war eine Qual für sie, genau das dort herauszubekommen was sie brauchte, obwohl ihr der ganze andere Kram im Weg war. Es machte sie wahnsinnig und sorgte für Stresspickel, jedes Mal wenn sie hier ran musste.

Der kleine Kühlschrank war vollgepackt mit Sojamilch, wegen ihrer Laktoseintoleranz, mit Käse, weil Lukas nicht ohne konnte, mit ein wenig Gemüse, Eiern, Aufstrichen, Kaffeesahne und mit Saitanwürstchen und zwei Pale Ale für den ersten Abend.

Im Fach unter der kleinen Spüle, die sie nie nutzten, außer als Ablage, befanden sich ein paar Flaschen Wasser und Wein, Cola und ein Haufen an Konserven, von Baked Beans über Mais bis Kidneybohnen. Auf jeden Fall würde es Chili geben auf dem Trip. Ein relativ schnelles, simples und einfaches Essen, das satt macht und am nächsten Tag sogar noch besser schmeckt.

Von der Seitenwand hing ein Netz mit verschiedenem Obst und Gemüse. An der Wand versammelten sich die wichtigsten Gewürze.

In der Staufläche über den Sitzen waren zwei weitere große

Fächer. Im linken Schrank fand man den Wasserkocher, Kisten mit Reis, Couscous, Bulgur, Nutella, Honig und weitere Konserven. Im rechten Fach befanden sich alle Hygieneartikel, die Abwaschwanne mit Spüli, Bürste und Handtüchern.

In dem kleinen Seitenschrank hingen ihre Neoprenanzüge und zwei Jacken, unten lagen ihre großen Handtücher für den Strand.

Der kultige California-Ausbau war einfach perfekt durchdacht. Ok, man hatte nichts selbst gemacht. Aber es gab noch genug Möglichkeiten, seinen individuellen Touch zu hinterlassen und ein paar kleine DIY-Projekte umzusetzen.

Die Decke war verziert mit alten Landkarten, von der ganzen Welt, von verschiedenen Regionen, und mit kleinen Postkarten von Orten, an denen sie schon waren oder unbedingt noch hinwollten.

Einige der Schränke waren mit Folie in Holzoptik beklebt worden und erinnerten so an eine gediegene deutsche Wohnzimmerschrankwand.

Über ihren Köpfen hing eine mit Masking-Tape befestigte Lichterkette.

An dem oberen, herunterklappbaren Brett hing ein hölzerner Blumenkasten, in dem Bücher verstaut waren und darauf warteten, gelesen zu werden.

Direkt über ihren Köpfen hing eine selbstgenähte Wimpelkette mit Fähnchen in den verschiedensten Farben und Stoffen.

Im Heck, quasi unter dem Kopfteil der Liegefläche, war der restliche Kram verstaut. Stromkabel, Spaten, Werkzeug, Wagenheber, Verlängerungskabel, Spiritusflaschen, ein Gaskocher mit entsprechenden Kartuschen, die Schnorchelsets, die Bade- und die Kletterschuhe und natürlich der große Frischwasserkanister.

Es waren die vielen Kleinigkeiten, die ihre Liebe für diesen Camper erkennen ließen, und sie hatten sich hier einen schönen, muckeligen, kleinen rollenden Rückzugsort geschaffen. Hier war auf kleinstem Raum alles, was sie brauchten. Die Abenteuer der Welt schrien ihre Namen.

Über den Automobilclub hatten sie sich noch einige Streckenkarten besorgt, von Freunden hatten sie einige veraltete, aber sicher noch brauchbare Reiseführer bekommen. Ein letzter Blick auf die Checkliste. Lukas ließ die Motorhaube zufallen und setzte sich auf den Fahrersitz.

»Okay, ready to go?« fragte Emilia vom Copilotenplatz aus. Lukas nickte ihr zu und rückte mit seinem Sitz ein Stück vor. Seine Finger umklammerten das Lenkrad.

»Engine … check. Oil … check. Cooler … check. Lights … check. We are ready for take-off!«

Emilia blickte sich noch einmal im Bus um und ließ die Packliste vor ihrem inneren Auge vorbeifliegen. Irgendetwas würden sie sicher vergessen haben, und sie würden es schon bald merken. Aber immerhin ging es ja nicht auf einen anderen Planeten.

»Kilometerstand: 284.468. Logbucheintrag: Start um 18:23« Er rutschte mit seinem Po hin und her, setzte seine Sonnenbrille auf und drehte den Schlüssel. Der Motor startete und die Lüftung blies ihnen ins Gesicht. Bald würde es hoffentlich die Meeresbrise sein.

Aus dem Radio erklang **Welcome to the Danger-Zone**, der Soundtrack aus Top Gun. Der perfekte Soundtrack für den Take-Off.

»Goose?«, fragte er und drehte sich zu ihr.

»Ich glaub, ich geh nochmal aufs Klo!«

5.

Die Musik brummte aus den Boxen. Aufgeregt aber glücklich sangen sie lauthals mit, und Emilias Haare wirbelten im Luftzug des offenen Fensters umher, in etwa wie die Schlangen auf Medusas Kopf. Die GoPro machte die ersten Aufnahmen. Eine halbe Stunde später kam das Auto zum Stehen. Stau vorm Hamburger Elbtunnel. Ein zu erwartender erster Dämpfer. Nur mühsam quälten sich die Blechmassen durch die Röhren unter der Elbe Richtung Süden.

»Wir müssen auf jeden Fall viel geocachen. Und schnorcheln. Und surfen. Und ich habe Bock auf wandern. Und …« Sie legte ihre Hand beruhigend an seinen Nacken, blickte zu ihm.

»Baby, ruhig. Wir machen das alles. Aber keinen Stress, okay? Es ist Urlaub. Ich will hier nicht von einem Ding zum nächsten hetzen.« Ihre Finger kraulten die Haare an seinem Hinterkopf.

»Ja«, sagte Lukas mit der Stimme eines ertappten Kindes, nickte verständnisvoll und schloss kurz seine Augen, um das Gefühl zu genießen.

Seit vier Jahren waren die beiden nun ein Paar. Alles hatte etwas schleppend begonnen, was nicht zuletzt darin begründet lag, dass Emilia damals gerade erst aus einer Beziehung gekommen war. Bis vor einem Jahr wohnten sie noch getrennt und hatten dann endlich den Entschluss gefasst, zusammenzuziehen. Relativ kurzfristig hatten sie eine Wohnung gefunden, in die sie sich auf den ersten Blick verliebten, die eine gute Lage hatte UND bezahlbar war. Ungewöhnlich für Hamburg.

Lukas nahm ihre Hand aus seinem Nacken und küsste diese.

Unbewusst saugte er ihren Geruch auf. Er war verknallt in sein Mädchen. Und manchmal schüttelte er immer noch innerlich den Kopf darüber, dass er auch nach vier Jahren noch so in sie verliebt war. Ja, sie zofften sich ab und an und sie hatte ihre Macken, war anstrengend und unausstehlich, wenn sie hungrig war. Und natürlich vermisste er sie an den Wochenenden, an denen sie arbeiten musste und nicht zuhause war. Aber alles in allem war dies die erwachsenste Beziehung, die er je hatte. Emilia war schlichtweg richtig für ihn. Es verging kein Tag, an dem sie sich nicht nochmal durch das Fenster verabschiedeten, wenn er morgens vor ihr zur Arbeit musste. Sie winkten sich dann zu und manchmal legten sie ihre Hände vor ihre Herzen und klopften gleichmäßig darauf. Er würde alles für sie tun und versuchte, ihre Wünsche von den Augen abzulesen. Manchmal setzte ihn das unter Druck und stresste ihn. Vor allem, wenn er wieder keine Zeit fand, um ihr eine der Geschichten zu schreiben, die sie so liebte.

Emilia war sich mehr als bewusst darüber, wie viel er ihr ermöglichte und wie sehr er sie liebte. Und ihr ging es nicht anders. Auch wenn sie sich nur bedingt an den Abend in der Bar erinnern konnte, als sie sich kennenlernten. Sie hatte diesen Kerl damals gar nicht richtig auf dem Schirm, aber er ließ einfach nicht locker. Er besorgte sich ihre Nummer über einen gemeinsamen Freund, und es dauerte nicht lange, bis sie sich regelmäßig trafen und etwas gemeinsam unternahmen.

Irgendwann konnte sie selbst nicht mehr von ihm lassen. Er brachte sie zum Lachen und ließ sie spüren, wie besonders sie in seinen Augen war. Sie genoss es, ihm Neues zu zeigen – neue Bars, neue Leute, neues Essen. Er war sogar ihretwegen Vegetarier geworden. Nicht weil er musste oder weil sie ihn vor eine Entscheidung stellte, sondern weil eine kleine Diskussion und ein kurzer Film ihn davon überzeugten. Okay, er konnte nicht kochen und war ein typischer Kerl, der sich ungesund ernährte, aber sie kannte sich aus und aß seit dem sie 16 war kein Fleisch und keinen Fisch.

Sie hatte sich genug mit Ernährung auseinander gesetzt und sorgte mit ihren Mahlzeiten immer für weit aufgerissene Augen und ein strahlendes zufriedenes Lächeln. Manchmal war sie verdutzt, dass sie mit ihren acht Jahren weniger auf der Lebensuhr ihm noch so viel Neues zeigen konnte. Aber sie spürte, dass so vieles davon schon in ihm schlummerte. Und sie holte ihn aus der Höhle und zeigte ihm die Welt.

Sie waren zu einem tollen Team geworden. Und die Beziehung war so, wie es sein sollte. Sie hatten Spaß an ihrer Beziehung und mussten nicht daran arbeiten, es war locker leicht und nicht anstrengend, nicht voll von Kompromissen und weit entfernt von Gewohnheit. Jeder konnte ihnen anmerken, wie vernarrt sie in einander sind, ohne dieses nervige verliebte Paar zu sein. Sie unternahmen viel gemeinsam, aber jeder gab dem anderen genug Freiraum für seine Hobbys und Zeit allein oder mit dessen Freunden. Sie waren einfach von Grund auf glücklich – mit sich, mit dem Anderen, mit ihrer Beziehung. Und es gab nur wenige Situationen, die dieses Glück aus dem Gleichgewicht bringen konnten.

Nun fegten die Reifen des roten Campers wieder über den Asphalt der Autobahn. Vorbei am Hafen und der Köhlbrandbrücke links von ihnen war endlich wieder freie Bahn. In etwa zwei Wochen würden sie braungebrannt, gut erholt und reich an neuen Erlebnissen und Erfahrungen auf der anderen Seite wieder hier vorbeifahren.

6.

Emilia saß am Steuer, und diese stupide Autobahnfahrt seit sechs Stunden machte sie ganz matschig im Kopf. Selbst die dritte Fritz-Kola erzielte keine Wirkung mehr, und Lukas war gerade auch nicht die größte Stimmungskanone. Immer wieder fiel sein Kopf nach vorne. Völlig ermattet war er mit der Zeitschrift in seiner Hand eingeschlafen. Sie grinste zu ihm herüber. Noch knapp zwei Stunden und sie wären in der Schweiz. Lukas hatte die Idee, hier eine alte Freundin aus Ausbildungszeiten zu besuchen. Sie war vor Kurzem Mutter geworden und lebte nun seit knapp zwei Jahren in der Nähe von Bern.

Ihr Magen knurrte, und sie wollte endlich was Geiles essen und nicht noch eines dieser Brote, die er ihr die ganze Fahrt über andrehte. Sie musste sich ablenken. Portugal. Unglaublich. Auch wenn sie immer noch rätselte, warum gerade sie zu dieser Beerdigung eingeladen worden war und immer noch in ihren Gehirnwindungen nach diesem Onkel suchte, über den sie dort einfach nichts fand. Nicht mal einen Erinnerungsschnipsel. Rein gar nichts. Wie konnte es angehen, dass sie in ihrer Kindheit öfter dagewesen sein sollte, aber sich an nichts davon erinnerte? Das war ja kein kurzer Besuch auf dem Bauernhof in Dithmarschen, sondern ein Urlaub in Portugal. Vielleicht würde sie sich erinnern, wenn sie die Gegend oder das Gebäude sehen würde. Aber bis zu ihrer Ankunft dort mussten sie noch gute zweitausend Kilometer zurücklegen. Und das würde dauern mit dieser Möhre.

Sie drehte das Radio lauter. Ein wenig zu laut, denn Lukas erwachte von den Toten. Er streckte sich.

»Schon am Meer?«, fragte er gähnend.

»Tzzz … Freiburg grad' vorbei.«, erwiderte sie und drehte ihren Kopf im Nacken umher.

Lukas beugte sich zu ihr herüber und drückte ihr einen Kuss auf die Wange. Sie genoss diese kleine Geste und schloss für eine Sekunde ihre Augen.

»Soll ich weiterfahren, Kleines?« Seine Hand ruhte auf ihrem Oberschenkel.

»Ja gerne. Ich fahr hier gleich mal ab. Wir müssen ja eh noch 'ne Vignette kaufen. Aber du musst auf die Straße gucken, klar Captain?!«

Es dauerte nicht lange, bis Lukas der Atem stockte. Wie immer, wenn er die Berge sah.

Schon auf ihrem letzten Trip nach Kroatien hatten sie einen Zwischenstopp in der Alpenregion eingelegt und er hatte hunderte Fotos gemacht; mit der guten Digitalkamera und mit dem Handy. Mehr als die Hälfte war verschwommen geworden, und wenn man ehrlich war, konnte man vielleicht zwei bis drei Bilder als brauchbar bezeichnen. Er war wie ein Kind. Sein Puls raste, und er konnte seinen Blick gar nicht lösen. Er spürte den Drang in sich, jeden einzelnen dieser Berge besteigen zu wollen und den Ausblick von der Spitze zu genießen. Er hatte das Gefühl, dass dies ihn sich richtig lebendig fühlen lassen würde. Und gleichzeitig sah er es als sehr unwahrscheinlich an, jemals in seinem Leben auch nur auf einem dieser Berge zu stehen. Es machte ihn wehmütig und traurig. So als würde etwas Lebensnotwendiges an ihm vorbeiziehen. Er musste jemanden finden, der das mit ihm machen würde. Emilia war nicht die Richtige dafür. Das wusste er und das wusste sie. Vielleicht etwas für einen richtigen Jungsausflug.

Als er das erste Mal die Alpen gesehen hatte, verstand er, was diese alte Frau damals meinte. Es war die Ehefrau eines Patienten, den sie gerade in eine weiter entfernte Klinik fuhren. Sie erzählte ihm davon, dass sie beide als Biologen die ganze Welt bereist hätten und wie wunderschön diese Zeit war. Auf die Frage, wo es ihnen am besten gefallen habe und wo sie noch einmal hinreisen würden, wenn sie könnten, hatte sie ohne zu zögern geantwortet: »In die Alpen. Es gibt keinen schöneren Ort als diesen.«

7.

Lukas stand völlig fasziniert auf der Terrasse der kleinen Almhütte. Seinen Blick in die Ferne auf die Berge gerichtet, nahm er den Duft von Natur in Form eines kleinen Kuhstalls und frisch gekochten Kaffees in seiner Nase wahr.

»Das da vorne sind der Eiger und die Jungfrau und in deren Mitte als Spaßverderber der Mönch.«, erklärte Lydias Mann und reichte ihm die Tasse Kaffee.

»Das ist der Wahnsinn. Wart ihr mal oben?«

»Nein, noch nie. Wir sind nicht so die Kletterer und Bergsteiger.«

Er ließ Lukas verdutzt stehen. **Wie kann man bitte nicht da hoch wollen?** Lukas nahm einen Schluck Kaffee und verbrannte sich sofort die Zunge.

Zusammen genossen sie den Tag – sofern es der Nachwuchs der Hausbesitzer zuließ. Sie wanderten ein wenig durch die Gegend, kauften für das Abendessen ein, machten einen Mittagsschlaf und saßen bis spät in den Abend zusammen. Sie tranken Wein, erzählten sich Geschichten von damals, tranken Wein und lachten und berichteten sich gegenseitig von ihren Urlauben, tranken Wein und futterten leckeren Käse und selbstgemachtes Brot und tranken Wein und tranken noch mehr Wein und fielen irgendwann ordentlich beschwipst ins Bett.

Morgen würde es nach dem Frühstück weitergehen. Wieder stundenlang im Auto sitzen, bis sie endlich das Meer in Frankreich erreichen würden.

Lukas schnarchte bereits und hielt sie fest an sich gedrückt.

Sie fühlte sich als der glücklichste Mensch der Welt. Und das war erst der Anfang dieser Reise. Ein wenig wie eine Abenteurerin stellte sie sich all die wundervollen Plätze vor, die sie noch entdecken würden. Und bevor Emilia die Augen zufielen, fragte sie sich: *Warum kann man nicht einfach nur reisen, ein Leben lang?*

8.

Es dauerte eine Weile, bis sie den Cache in der Nähe der kleinen Gärtnerei ein paar Dörfer weiter fanden. Er hatte sich in einem kleinen Rohr versteckt, das durch einen Stein, der aussah, wie viele andere in der Nähe, verdeckt gewesen war. Aufgeregt winkte er Emilia zu sich und griff tief in das Rohr, um die kleine Dose ans Tageslicht zu holen.

Ziel dieses Spieles war es eigentlich, die Caches möglichst unauffällig zu heben. Lukas jedoch lag auf der Erde, mit einem Arm im Boden, schrie wie wild ihren Namen und dass er ihn gefunden hätte, während mittlerweile schon drei Autos an ihnen vorbeigefahren waren. Er war wirklich nicht der geduldigste Cacher. Es fehlte nur noch, dass jemand vom Parkplatz oder vom Betrieb kam und fragte, was er denn dort machte. Und dann würde er so tun, als wüsste er nicht was gemeint war, würde nervös werden und sich schnell eine Geschichte ausdenken.

Emilia rollte die Augen und kam über die Straße. Okay, okay, … ja, er hatte wieder den besseren Riecher und nicht sie, die fest in der Annahme war, der Cache würde sich unter der Bank oder an dem Straßenschild verstecken.

Sie war es, die ihn in dieses Hobby eingeführt hatte, und seit diesem Tag war der Reiz der Suche ein ständiger Begleiter auf all ihren Reisen. Auch wenn Lukas einfach manchmal nicht aufgeben wollte. Zu oft war er noch minutenlang in der Gegend rumgetigert, hatte dieselben Steine umgedreht, die er schon fünf Mal umgedreht hatte, und während sie lustlos war und weiter wollte, war er sich ganz sicher, gleich am Ziel zu sein. Es machte ihn wahnsinnig, wenn er es nicht finden konnte.

Den Namen und das Datum schnell noch ins Logbuch eingetragen und ein paar Bilder geschossen, dann packte er die Dose wieder zurück an ihren Platz und legte den Stein erneut so, dass der normale unachtsame und unwissende Fußgänger nicht einmal ahnen würde, was sich in seiner Nähe befand. Als stille Zeugen der grandiosen Entdeckung ragten die mächtigen Berge der Alpen in der Ferne empor und bildeten zusammen mit den Sonnenstrahlen und den wenigen Wolken ein unbeschreibliches Panorama.

Mit der Sonnenbrille auf der Nase manövrierte Lukas den Bus durch die kleinen Ortschaften. Immer wieder schaute er herüber und war sich sicher, dass neben ihm das schönste Mädchen der Welt sitzen würde. Mit ihrem süßen Kleidchen, mit den Haaren, die im Fahrtwind wedelten, mit ihrer riesigen Brille, mit ihren Tattoos auf Armen und Beinen und diesem ansteckenden Lächeln. Sie war nicht nur süß. Sie war heiß. Sie schaffte es, ihn innerhalb von Sekunden um den Finger zu wickeln. Und obwohl sie in seinen Augen so heiß war, war es selten, dass er eifersüchtig wurde. Das war neu für ihn. Es gab da etwas in ihrer Beziehung, was ihn nicht an ihrer Liebe und Loyalität zweifeln ließ. Sicher machte er sich hin und wieder Gedanken, aber das alles war nicht vergleichbar mit seinen früheren Beziehungen. Der kleine Bus sauste über die französische Autobahn, doch einige Minuten später mussten sie erneut an einer Mautstation anhalten. Kopfschüttelnd suchte Emilia das Geld aus dem Portemonnaie und reichte es Lukas, der gerade so an den Schalter kam. Diese verdammte Maut würde sie noch das ganze Urlaubsgeld kosten. Aber immerhin wären sie in kürzester Zeit am Mittelmeer.

Aus den Lautsprechern erklang das herzhafte Abschlusslachen der drei Fragezeichen, nachdem sie es wieder geschafft hatten, einen Fall zu lösen.

»Ich glaub' ich habe noch keine Folge bis zum Ende gehört!«, sagte Lukas und konzentrierte sich wieder auf die Straße vor ihm.

Mittlerweile begab sich die Sonne langsam zur Ruhe, und es war nur noch ein wenig Tageslicht zu sehen, als sie die kleine Hafenstadt Sète erreichten. Zwölf Kilometer zog sich der weiße Sandstrand am Mittelmeer entlang an dieser schmalen Landzunge südwestlich von Montpellier.

Lukas hatte schon vor zwei Stunden gemerkt, dass sich die Laune seines Co-Captains stetig verschlechterte. Er wusste, was der Grund war. Er war simpel. Sie hatte Hunger. Immer wenn sie hungrig war, stürzte ihre Laune in die Tiefen des Marianengrabens. Ihre Antworten waren dann kurz und stichig. Sie begann zu nörgeln, fand alles doof, schnaufte umher und zickte herum – wegen Kleinigkeiten, die zumeist was mit seinem Fahrstil zu tun hatten.

»Wollen wir hier?«, fragte er und fuhr langsamer an dem kleinen Parkplatz vorbei.

Sie schaute und verzog das Gesicht. Auf ihrer Stirn bildeten sich Falten.

»Mir egal. Keine Ahnung.«

Genau die Antwort, um die Lukas gebeten hatte. Er hasste es, in diesen Situationen der Allein-Entscheider zu sein und sich dann anzuhören, was alles beschissen an dieser Entscheidung war. Es trieb ihn immer fast in den Wahnsinn, wenn er versuchte, ihre Gedanken zu lesen und ihre Wünsche zu erraten. Sein Puls begann zu steigen, und er merkte, wie sie ihn reizte und wie er einfach nur ein »JA« abforderte. Ihm selbst knurrte seit Stunden der Magen, aber er konnte so was besser verknusen, als sie. Inzwischen war es allerdings wirklich an der Zeit, endlich Pause zu machen. Zu essen. Zu trinken. Zu schmusen. Und vor allem die Augen zu schließen.

Okay, er war der Fahrer, und wenn von ihr nichts kam, dann würde er jetzt eben die Sache in die Hand nehmen. Er zog das Lenkrad herum und fuhr auf den Parkplatz. Er stieg aus, streckte sich und lauschte den Wellen hinter der Düne. Er brauchte diesen kurzen Moment nur für sich. Ansonsten würde er zurück zicken und sie würden sich streiten – und darauf hatte er wahrlich keine Lust. Seine Knochen knackten, und sein Rücken schmerzte vom Sitzen. Er versuchte, so gut es ging, sich zu strecken, ließ seinen Kopf im Nacken kreisen und dehnte seine Beinmuskulatur. Er merkte, wie die Müdigkeit an ihm nagte. Am liebsten würde er auf das Abendessen verzichten und direkt ins Traumland abdriften.

»Baby, kannst du mir mal bitte eben helfen? Ich sterbe vor Hunger!«, hörte er Emilia aus dem Fenster nach ihm rufen.

Lukas zog die Unterlippe ein, und sein Kiefer spannte sich an. Er versuchte, sich zur Ruhe zu bringen. Vermutlich hatte er mindestens genauso viel Hunger wie sie. Er atmete tief ein, schloss die Augen und drückte die Luft durch seine Nase heraus.

Er öffnete die Schiebetür an der Seite und setzte sich auf den herumgedrehten Beifahrersitz.

»Kannst du mir erstmal ein Bier geben?«

Etwas genervt sah sie ihn an, räumte alles beiseite, was gerade auf der Kühlschranktür stand, und reichte ihm das kalte Pale Ale. Der erste Schluck ging runter wie Öl und er wollte am liebsten gar nicht absetzen.

»Was gibt's denn Feines?«, erkundigte er sich in der Hoffnung, sie hätte auf der Fahrt einen Plan geschmiedet.

»Nothing fancy … Wir rösten das Baguette, ein bisschen Knobi, Avocado drauf, Spiegelei drüber … Yummy for my tummy.«

Der Geruch von Knoblauch auf dem frisch gerösteten Brot ließ ihm schon das Wasser im Mund zusammenlaufen. Ein paar Minuten später war es fertig, und sie bissen ausgemergelt in das Do-it-yourself-Sandwich-Panini-Toast-Ding. Jeder Happen tat so unglaublich gut, dass sich ihre Nerven sofort entspannten und sich beide genüsslich ein Stück weit nach hinten fielen ließen, wobei sie tief schnauften.

»Verrückt, dass wir hier die Einzigen sind! Können wir gleich nochmal zum Wasser?«

Lukas hatte Hummeln im Hintern, und sobald ihm dieser kurze Snack wieder Energie gegeben hätte, würde er weiter machen wollen.

»Chill mal. Du bist ja wie so 'n Biber. Genieß doch mal und lass uns ein wenig schmusen. Wir hatten heute gar nichts voneinander so richtig.«

Sie hatte recht und er wusste es. Der Strand und das Meer hatten Zeit bis morgen Früh. Trotzdem bauten sich die kleinen Planungssteine in seinem Kopf ein Konstrukt zusammen, was er morgen alles sehen und machen wollen würde. Aber jetzt genoss er sein Bier, und es würde keine zwei Minuten dauern, bis er gleich an ihrer Seite einschlafen würde. Erst jetzt bemerkte er, wie der Trip an seiner Kraft zehrte. Aber es gab so viel Neues zu sehen und zu entdecken.

Vollgefuttert lagen sie beide lang. Emilia hielt ihren Roman über dem Kopf. Lukas war konzentriert und schrieb die Erlebnisse der letzten Tage in das Bordbuch. Er versuchte, sich so gut es ging an alles zu erinnern. Was er sah. Was er fühlte. Er musste viel aufmerksamer werden. Sein Handballen tat schon weh vom Schreiben. Und immer wieder fielen ihm die Augen zu, aber er kämpfte gegen diese Müdigkeit an. Die Sonne hatte sich mittlerweile verabschiedet. Die Nacht gewann die Herrschaft gegen das Licht. Keiner von beiden wollte es aussprechen, aber es schwang ein komisches Gefühl in der Magengegend mit. Sie standen hier allein mit ihrem Bus, mehrere Kilometer entfernt von den nächsten Häusern. Langsam krabbelte die Angst in Lukas' Kehle. Er hatte zu viele Horrorfilme gesehen, zu viele Thriller gelesen. Aber er würde es nicht aussprechen, weil er wusste, wie viel Angst Emilia schon ohne seine Gedanken hatte. Er versuchte, sich auf den Text vor ihm zu konzentrieren. Seine Augen flogen über die Zeilen, als plötzlich ein Lichtschein den Bus von hinten erhellte. Sofort versetzte ihn sein Gehirn in Alarmbereitschaft. Er legte das Buch auf seinen Schenkeln ab.

Ein zweiter Lichtstrahl. Knatternde Motorengeräusche näherten sich ihnen. Emilia ließ sich ihre Nervosität nicht anmerken, aber Lukas machte ihr ein wenig Angst, wie er da durch die Vorhänge blickte und versuchte, etwas auszumachen.

»Ich glaub', das sind nur 'n paar Jugendliche mit ihren Mopeds.«, versuchte er sie und sich selbst zu beruhigen, ohne seinen Blick abzuwenden. Seine Pupillen versuchten in der Dunkelheit zu fokussieren und sich ein Bild zu machen, aber es war stockfinster – bis auf die wenigen Blitze von Scheinwerfern, die plötzlich näher kamen. Er versuchte, herauszufinden, wie viele Mopeds oder Leute es waren und schloss die Augen, um wie ein Indianer in die Nacht zu lauschen. Das sind nur ein paar wilde Boys aus der Gegend … ganz ruhig. Doch sein Puls stieg, und mit ihm wuchs der Kloß in seinem Hals an. Die Motoren kamen zum Stillstand. Er hörte Gerede, das er nicht verstand. Und dann hörte er die Schritte auf dem Kies, die sich dem Bus langsam näherten.

9.

Ein Wirrwarr aus Stimmen, jugendlichen Stimmen, die leicht betrunken klangen, umrundete das Auto. Wie Haie zogen sie ihre Bahnen und versuchten, im Inneren etwas auszumachen. Ein paar Blitze flackerten auf. Vermutlich ein paar Handyshots.

Im Inneren war es totenstill, und Emilia hielt sich an seinem Arm fest. Er merkte, wie dieses komische Gefühl in ihm empor kroch, und ihm wurde übel.

Der Wagen begann zu wippen, und er spürte förmlich, wie jemand direkt hinter seinem Kopf, von ihnen nur getrennt durch Vorhang und Heckscheibe, auf der Stoßstange stand und den Bus zum Wippen brachte. Jetzt reichte es ihm. Bilder machen okay. Betrunkene Jugendliche okay. Aber keiner stellt sich auf sein Auto und nutzt das als Trampolin. Lukas schaltete das Licht ein und riss den Vorhang zur Seite.

Der erschrockene Absprung ließ den Bus auf und ab wippen, wie einen Lowrider in einem schlechten Gangster-Ghetto-Film.

»Guys, what are you doing?«, fragte er nervös aber souverän in die Nacht.

Die Menge grölte.

Dann ein Klopfen an der Scheibe.

»What?« Seine Stimme klang genervter.

»Open up … it's the police!«, antwortete die Stimme mit Akzent, und die Jungs hinter ihm brachen in Gelächter aus.

»Open up or we will come in!«

Lukas wurde das alles zu bunt, aber irgendetwas legte sich da auf seine Muskeln, auf seine Nerven. Er war wie paralysiert, und eine Armada von Gedanken schoss auf ihn ein. Er musste was tun.

Ängstlich, die Decke bis über den Mund gezogen, lag sie da, nur einen Slip an und sonst nichts und schaute ihn an.

»Mach nicht auf.«

Er warf ihr ein Shirt zu und sagte »Wenn die wollen, kommen die hier rein. Zieh dir was an und schnapp' dir das Spray. Ich klär das jetzt.«

Sie griff ihr Handy und hatte bereits die Notrufnummer ins Display getippt. In der anderen Hand hielt sie das Pfefferspray. Hier drin hätte jeder was davon, aber es würde seine Wirkung tun.

Lukas zog sich sein Shirt über. Er löste die Druckknöpfe von den Vorhängen, griff seine Taschenlampe, schaltete sie ein und strahlte durch das Fenster direkt in das Gesicht vor ihm.

Augenblicklich schoss die Hand des ungebetenen Besuchers schützend nach oben.

»What do you want?« Die Frage schoss so streng und hart aus seinem Mund, dass es ihn selbst fast erschreckte.

»Your bus is cool. Can we come in? We can party together.«

Was dachte er sich denn nur? Dass sie nur darauf aus waren, sie zu berauben, abzuschlachten und seine Freundin zu vergewaltigen? Es waren Jugendliche. Hatte er damals solche Gedanken, wenn er mit seinen Jungs unterwegs war? Nein. Sie wollten Spaß haben. Neue Leute kennenlernen. Er versuchte, seine Angst, seinen Zorn im Zaum zu halten und antwortete entspannter.

»Sorry man, but not tonight. We are really tired and we just want to sleep.«

In der Nähe ging eine Flasche zu Bruch, und er war sofort wieder im Verteidigungsmodus.

»Listen, you better go now.«, sagte Lukas.

»Well, what about we don't go? What about we party a little?« Die Stimme klang fordernd.

»I think you made enough party. Go home guys.«, antwortete er und versuchte, entspannt zu klingen.

»No man. Don't tell us what to do in our country.«

Er hörte, wie sich ein Reißverschluss öffnete und es kurz danach gegen das Blech plätscherte.

Seine Nerven gingen durch. Er riss die Seitentür auf und sprang nach draußen.

Der Trupp hielt inne und begann dann, lauthals zu lachen.

Im selben Moment merkte er, dass dies die schlechteste Entscheidung war. Hier draußen war es dunkel. Er wusste nicht, wie vielen er gegenüberstand, er kannte die Gegend nicht, und nun stand er hier in Unterhose und in seinem alten Boysetsfire-Shirt und machte auf den großen Helden. Fuck.

Mit hochrotem Kopf vor lauter Lachen stützte sich einer der Jungs auf den Oberschenkeln ab. Ein anderer hatte sich an seinem Bier verschluckt. Ein Dritter stand nur mit weit aufgerissenen Augen da und zeigte belustigt auf Lukas Lenden. Er konnte weitere Stimmen hinter dem Bus hören.

»You better fuck off now!«, sagte Lukas aggressiv, und seine Stimme wackelte und brach fast weg. Sein Mund war eine einzige Wüstenlandschaft, und er versuchte zu schlucken.

Eine Person trat aus dem Dunkel auf ihn zu. Der Lichtschein erhellte sein Gesicht. Und dieser etwa 16-jährige Typ war nicht gut gelaunt. Lukas erkannte die Aggressivität in seinen Augen und ballte augenblicklich die Hände, bereit für den ersten Schlag. Er hatte sich noch nie prügeln müssen, aber wenn es jetzt darauf ankäme, musste es so sein.

Noch immer stand die Schiebetür hinter ihm offen. Emilia war ein Stück weiter nach vorne gerückt, um die Situation zu beobachten.

In dem Moment, als der junge Typ mit den kurzgeschorenen Haaren das hübsche Mädchen im Bus entdeckte, war Lukas uninteressant geworden.

»Whooo ...Jesus.« Er fasste sich in den Schritt.

Dann drehte er sich zu seinen Freunden um und rief ihnen etwas zu. Lukas konnte den Inhalt nur erahnen. Schnell näherten sich die anderen. Bei Emilias Anblick bissen sich zwei in ihre eigenen Fäuste. Noch bevor Lukas reagieren konnte, hatten ihn zwei der Jungs umlaufen. Schützend machte er einen großen Schritt zurück und versuchte, sich vor die Tür zu stellen. Aber einer von ihnen schubste ihn einfach zur Seite, so dass Lukas fast stürzte. Wütend drängte er zu der Gruppe, die sich an dem Eingang zum Bus versammelt hatte und Emilia begaffte, als wäre sie ein seltenes Tier im Zoo. Sie machten ihr schöne Augen. Formten mit ihren Daumen und Zeigefinger Herzen in die Luft und einige weniger romantische Gesten, die bei Lukas den Geduldsfaden reißen ließen.

Er packte einen von ihnen von hinten an der Schulter und wollte ihn zurückreißen. Doch mitten in der Drehung griff der Typ vollkommen unerwartet an Lukas' Kehle und schaute ihm mit strengem Blick fest in die Augen. Sekundenlang geschah nichts. Es war, als wäre die Zeit stehengeblieben.

Als wäre er plötzlich aus einer Hypnose wieder aufgewacht, versuchte Lukas, sich aus dem Griff zu lösen. Er bekam den Daumen seines Gegenübers zu fassen. Kräftig drückte er auf den Nagel und übte Druck auf das gebeugte Gelenk aus. Schmerzverzerrt ließ der Typ von ihm ab und umklammerte mit seiner anderen Hand den Daumen. War wohl doch nicht so hart, wie er sich gab. Doch dann machte er einen Satz nach vorne. Lukas wollte nach hinten ausweichen, verlor aber den Halt und landete unsanft auf dem Sandplatz. Die Gruppe johlte wie bei einem Stierkampf.

Im nächsten Moment wollte sein Kontrahent auf Lukas springen, das Knie auf den Magen gerichtet, um ihm die Luft zu nehmen. Doch in letzter Sekunde griff einer seiner Freunde um dessen Taille und hielt ihn zurück. Die Hände seines Retters umrahmten das Gesicht seines Kontrahenten. Er begann, auf ihn einzureden.

Lukas atmete durch. Doch im nächsten Moment musste er sehen, dass sich bereits ein anderer der ungebetenen Besucher im Bus auf das Bettende neben Emilia gesetzt hatte. Die Situation schien vollkommen außer Kontrolle zu geraten. Gemeinsam schauten die beiden auf Lukas, der hilflos und gedemütigt noch immer im Staub hockte. Emilia verwirrt und voller Angst. Der Typ hämisch und dreckig. Lukas stieß sich vom Boden hoch, klatschte den Dreck von seinen Händen und versuchte, so lässig und überlegen zu wirken, wie es nur ging. Jetzt ging es um mehr, als um Stolz und vielleicht ein blaues Auge. Er müsste verhindern, dass die Situation eskalierte. Wenn die Truppe sich über Emilia hermachen würde, könnte er das nie wieder ungeschehen machen, was auch immer er tat.

Lukas atmete tief ein und ging dann mit ruhigen, festen Schritten zu seinem Bus. Er schaute den Kerl am Bettende an.

»Will you please get out of my car? NOW!« Die Hand des Eindringlings rutschte von der Matratze auf Emilias nackten Oberschenkel, während sie wie erstarrt vor Angst regungslos dasaß. Dummdreist lächelte der Typ und schien die Situation zu genießen.

Hinter Lukas sagte jemand etwas.

»Ela pertence a mim primeiro. Nós voltaremos mais tarde.« Lukas konnte die Worte nicht verstehen, doch er hoffte, dass der vernünftige Typ sprach, der schon zuvor eingegriffen hatte. Wieder vergingen Sekunden, in denen die Zeit stillzustehen schien. Dann nahm der Kerl die Hand weg. Offenbar hatte er Respekt vor dem Kerl hinter Lukas.

»Sorry, seems like I have to go!«, sagte der Typ auf der Matratze grinsend und seelenruhig zu Emilia, nahm ihren Kopf und versuchte, sie zum Abschied zu küssen. Emilia wich zögerlich zurück. Sie wollte weder von diesem ekeligen Schmierlappen geküsst werden, noch die angespannte Situation aufflammen lassen. Vorsichtig zog sie die Decke etwas höher über ihre Schenkel.

»You better take care for her!«, zischte er Lukas ins Ohr, als er sich an ihm vorbei aus dem Bus zwängte.

Nun stand der Trupp zusammen. Sie waren zu sechst. Einer zeigte mit dem Finger auf Lukas und lachte ihm verächtlich zu.

Der Größte von ihnen trat nach vorne. Lukas erkannte, dass es die Stimme war, die den Typen aus dem Wagen geholt hatte. Es war der Gleiche, der Lukas zuvor vor der Prügelei bewahrte. Die anderen Jungs schienen Respekt vor ihm zu haben.

»Sorry, guys. It's my birthday. We've all had enough. We are leaving now. Have a good night.« Er drehte sich um und ging.

»Feliz aniversario«, rief ihm Lukas hinter her.

Wieso waren sie plötzlich so nett und besonnen? Irgendwas stimmte da doch nicht. Hieß ›voltaremos‹ nicht irgendwas mit wiederkommen? Er hatte keine Lust auf ein späteres Wiedersehen. Ohne ein Wort mit Emilia zu wechseln, startete Lukas den Motor. Schweigend nahm sie neben ihm Platz, und sie fuhren in die Nacht. Schließlich parkte Lukas den Wagen am Ortsrand an einer beleuchteten Straße. Er konnte seine Scham nicht in Worte fassen. Konnte ihr nicht in die Augen sehen. Fühlte sich wie der größte Versager. Anders als gewohnt drehte er sich im Bett von ihr weg und starrte mit feuchten Augen die Scheibe an. Erst als sie ihren Arm um ihn schlang und dicht an ihn heran rutschte, spürte er ein wenig Linderung.

»Das war nicht deine Schuld, Lukas.«

Er nickte kaum merklich.

»Du konntest nichts machen. Und ich bin trotzdem stolz auf dich.«

Das Kissen unter Lukas Gesicht wurde nass.

Es dauerte eine Weile, aber irgendwann schlief auch er ein, mit ihrem ruhigen Atem im Nacken.

10.

Er wusste nicht, was es genau war, dass ihn aufweckte: der Donner oder der Regen, der auf das Dach klatschte wie eine Sintflut. Schon in dem Moment, als er die Augen öffnete, vielleicht sogar einen Bruchteil davor, war seine Stimmung im Keller. Sein Mund war trocken wie eine Wüste, und es schmerzte beim Versuch, zu schlucken. Mühsam und mit offenbar noch schlafenden Muskeln quälte er sich hoch und blieb sitzen. Emilia runzelte die Stirn, schnaufte kurz und drehte sich dann zur anderen Seite, um schon im nächsten Augenblick wieder einzuschlafen. Er griff nach der Wasserflasche und nahm einen tiefen Schluck. Und dann merkte er es auch schon. Dieses Gefühl in seinem Bauch. Dieser Druck. Er musste auf den Pott. Und zwar zügig. Das war sein Problem. Man konnte förmlich die Uhr danach stellen. Nach dem Aufwachen hatte er maximal, also wirklich maximal, eine Stunde Zeit. Sein Magen kniff schon jetzt. Er kroch an den Rand der Liegefläche, öffnete die Vorhänge ein Stück und blickte hinaus, um ein Plätzchen zu finden. So richtig viel gab es da nicht. Einen Sandplatz mit einigen Fahrzeugen, eine Hauptstraße vor ihnen, die um diese Zeit schon gut genutzt wurde, und weit und breit kein Geschäft oder sonstiges Gebäude.

Er musste sich ablenken und nicht so viel darüber nachdenken. Vielleicht nochmal hinlegen? Noch eine Runde schlafen? So wie dieses hübsche Wesen neben ihm.

Aber er war wach. Hellwach. Senile Bettflucht oder dergleichen, jedenfalls war an Schlaf nicht mehr zu denken. Seine Müdigkeit wurde mit dem zum Abfluss treibenden Sand gerissen, hinab in die Dunkelheit. In das Unbekannte.

Er fragte sich, wie viel eigentlich noch unter dieser Erdoberfläche lauern mochte.

Unbekannte, unerforschte Höhlensysteme, unentdeckte unterirdische Reiche und Siedlungen, Katakomben und ob es vielleicht nicht doch sogar eine Parallelwelt dort unten gab. Mit Menschen und anderen Tagesabläufen, anderen Regeln, einer ganz anderen Art zu leben. Gewöhnt an die Kälte und Dunkelheit.

Er hatte einmal von einem unterirdischen Reich in Kappadokien gelesen, welches durch Zufall entdeckt wurde, als bei Renovierungsarbeiten im Keller eines ganz normalen Wohnhauses eine Wand nachgab und einen weiteren Raum freilegte. Daraufhin wurden bisher acht Stockwerke in die Tiefe erkundet; eine ganze Untergrundstadt mit Platz für etwa 30.000 Menschen. Wenn das nicht der Ausgangspunkt für eine spannende Story war.

Sein Darm meldete sich wieder zu Wort. Langsam bildete sich Schweiß auf seiner Stirn, und seine Hände wurden feuchter, sein Puls stieg und er wurde nervöser.

Es half alles nichts. Entweder, er verzog sich ins Gebüsch oder es ging in die Büx. Er schnappte sein Handy, öffnete die Karten der Gegend und suchte nach »gas station« in der Nähe. Vielleicht gab es ja eine in Fußnähe. Den Regenschauer würde er dafür in Kauf nehmen.

10 Minuten. Mit dem Auto. Seine Hoffnung erstarb. Fuck. Okay, das war also keine Option. Nochmals blickte er durch alle Fenster. Nur einige Meter entfernt konnte er eine Böschung ausmachen. Grund genug, das Ganze näher zu betrachten.

Er stand auf, wickelte Klopapier ab, legte es zusammen und steckte es in die Hosentasche seiner Jogger. Vorsichtig und so leise wie möglich öffnete er die Seitentür und war sofort nass. Es goss aus allen Eimern. Er schloss die Tür und hechtete zu der Böschung.

Blick links, Blick rechts, einen Schritt nach vorne – und er blickte direkt auf einen Spielplatz. Ach scheiß drauf, wer geht schon bei dem Wetter spielen.

Er hockte sich hin, zog die Hose runter und tat, was getan werden musste. Überrascht darüber, wie gut das tatsächlich funktionierte, feierte er sich ein wenig selbst, bis er die Stimmen hörte.

In ihm zog sich alles zusammen. Die Böschung war nicht hoch genug, um ihn komplett zu verdecken. Er bekam Angst. Die Stimmen kamen näher und er versuchte, sich noch kleiner und unsichtbarer zu machen. Er gab sich alle Mühe, die Stimmen zu orten – und dann entdeckte er zwei Frauen, die mit ihren Kinderwagen am Spielplatz vorbeigingen. Er ging so tief in die Knie, dass seine Oberschenkel zu brennen begannen. Erleichtert atmete er auf, als sie in einiger Entfernung zu ihm weitergingen und ihn offensichtlich nicht entdeckt hatten – oder nicht entdecken wollten.

Zwei Minuten später kam er durchnässt bis auf die Knochen wieder am Bus an, öffnete die Tür, schnappte sich einen Spritzer Handwaschseife und verrieb sie im Regen auf den Händen. So einfach konnte das Leben sein.

Nachdem er sich weit genug mit seinem Badetuch abgerubbelt hatte, um sich guten Gewissens wieder zu ihr legen zu können, robbte er sich an Emilia heran, schlang seine Arme um ihre Hüfte und drückte sich fest an sie. Es dauerte nur Sekunden, bis er tief und fest an ihrer Seite schlief.

Da er nicht auf die Uhr geschaut hatte, als er das erste Mal wach geworden war, wusste er auch nicht, wie lange er nach seinem Ausflug auf den Spielplatz noch geschlafen hatte. Emilia lag neben ihm und durchforstete mit ihrem Handy die sozialen Netzwerke.

Lukas schmiegte sich an sie.

»Was'n das für ein Mistwetter? Ich dachte, wir haben Sommer, Sonne und 30 Grad hier?«

Ohne ihren Blick vom Handy zu nehmen, antwortete sie: »Und ehrlich gesagt soll es die nächsten beiden Tage auch so bleiben. Und für Portugal ist gerade auch nicht so das geile Wetter angesagt!«

»Oh, was?« Er klang enttäuscht.

»Das ist doch kacke. Sag jetzt bitte nicht, dass wir dem Regen hinterherfahren und dafür Urlaub genommen haben?«

Lukas sah aus wie ein kleines Kind, dem man im Freizeitpark den Besuch des besten Karussells verweigert hatte. Schlagartig verlor er die Lust an dem gesamten Trip. Campen bei Schlechtwetter ist ja okay für ein Wochenende. Aber nicht für zwei Wochen.

»Hey … hey … komm mal her.« Sie öffnete ihre Arme und er schmuste sich an ihre Brust.

»Nicht traurig sein. Das wird bestimmt besser. Das ändert sich doch alle Nase lang.«

»Ja aber …«

»Pscht. Nix aber.« Ihre Stimme wurde strenger.

»Jetzt nicht hier rumdibbern.«

Lukas schnaufte in die Bettdecke, vergrub sein Gesicht darin und klammerte sich noch fester an sie, als würde das Wetter sich davon ändern lassen.

»Komm, lass uns mal was frühstücken und dann fahren wir weiter. Ich glaub, wir müssen heute mal etwas Strecke machen.«, übernahm Emilia das Kommando.

11.

Quietschend zog der Scheibenwischer von links nach rechts und wieder zurück und wieder hin und wieder zurück und fegte den Regen von der Scheibe. Wie frustrierend das für die Scheibenwischerblätter sein musste, einfach ständig dasselbe zu tun, ohne etwas zu bewirken. Denn sobald das Gummi über die Scheibe zog, war sie im nächsten Moment schon wieder nass und verhinderte den klaren Blick auf die Straße vor ihnen.

Dunkel zogen die Wolken um den roten Bus wie stille Begleiter der schlechten Laune.

Lukas war in seine Zeitschrift vertieft. Es ging um spannende Real-Life-Krimis. Wahre Verbrechen, Morde, das Verschwinden von Personen und alle möglichen Hintergrundinformationen zu Kriminalfällen der letzten 20 Jahre. Mit jeder Zeile, die er las, wurde ihm wieder bewusst, wie verrückt doch die Welt … nein, der Mensch sein kann. Es schauderte ihm bei dem Gedanken, dass so etwas in seiner Nachbarschaft, in seinem Freundeskreis oder gar seiner Geliebten zustoßen könnte, und er griff instinktiv nach Emilias Hand. Er streichelte ihren Handrücken und drückte dann fester, wartete auf ihre Reaktion. Nichts.

»Eyyy«, sagte er in kindlich verstellter Stimme und griff wieder fest mit seiner Hand in ihre.

Wie aus einem Traum erwacht, drückte sie nun auch zurück und lächelte zu ihm herüber.

»Wo warst du denn gerade?«, erkundigte er sich, klappte die Zeitschrift zusammen und beobachtete sie.

»Ach. Boah ey, Autobahn ist auch so stupide. Da schläft man ja fast bei ein.«

Lukas schaute aus dem Fenster, wandte seinen Blick Richtung Himmel und schnaufte.

»Wie lange noch?«, fragte er und schaute ebenfalls auf das Navigationsgerät, um sich dann selbst zu antworten.

»Oahh, was? Noch vier Stunden?! Mir tut jetzt schon der Arsch weh. Wollen wir mal 'ne Pause machen und dann fahr ich weiter?«

Emilia nickte und schaute nach draußen. Auch sie spürte, wie ihre Laune nach unten wanderte. Aber sie musste stark bleiben. Für sie beide. Sie wusste, wie leicht sich ihr Freund von schlechtem Wetter runterziehen lassen konnte. Dabei war sie es eigentlich, die mit ihren winterlichen Depressionen immer schlecht gelaunt und nur müde und unmotiviert in der Ecke hing.

»Wir hätten echt mal so ein Lange-Autofahrten-Spiel mitnehmen sollen!«, merkte Lukas an und ärgerte sich, nicht schon früher daran gedacht zu haben. Sei es drum. Er lehnte sich zum Fahrersitz herüber, musste den Gurt etwas nachziehen, beugte sich noch weiter, bis er nicht mehr konnte und drückte ihr einen Kuss auf die Wange. Sofort schloss sie für einen kurzen Moment die Augen, um seinen Kuss bewusst spüren und genießen zu können.

»Oh man, ich will jetzt echt einfach nur gerne schmusen!«, sagte sie wehmütig.

»Ich weiß, aber da müssen wir jetzt durch. Du kannst ja gleich etwas schlafen, wenn ich fahr. Dann sind wir auch flink da, dann gibt's was Leckeres zwischen die Kiemen und danach geht's ab in die Schmusehöhle unter die Deckenburg.«

»Was steht denn heute auf dem Speiseplan?«, fragte sie und schaute zu ihm herüber.

»Ähm …«, er überlegte.

»Brot?«

Unbeeindruckt warf sie ihm einen nicht sonderlich begeisterten Blick zu.

»Spaaaaß«, konterte er, hatte aber auch keinen besseren Plan und suchte schnell nach einer Alternative.

»Wir könnten ein cooles Curry machen, so mit Karotten und Reis und Süßkartoffel und Gemüse und so.«

Er wandte seinen Blick nach hinten in den Bus in Richtung Kühlschrank, Aufbewahrungsfächer und Gemüsekorb, der voll gähnender Leere an der Seite hing. Er ging durch, was sie noch brauchen würden.

»Auf jeden Fall müssen wir nochmal einkaufen.«, beschloss er.

»Ach, und …«, fügte er hinzu.

»Ich habe uns durch Frankreich geschleust mit Sprechen. Jetzt bist du dran mit Spanisch.«

Emilia verdrehte die Augen.

»Weißt du, wie lange das her ist? Aber das krieg ich schon hin!«

Lukas griff über seinen Kopf, schnappte sich das Spanisch-Wörterbuch und begann, darin zu blättern. Er fragte sie ab und bemerkte, wie viel auch er seit der Schulzeit vergessen hatte. Okay, er war sowieso immer nur mit einer 4 durchgekommen, und sein Standardspruch bei jeder Ausarbeitung war »Una cerveza por favor«. Aber jetzt, wo er die Begriffe mit ihr durchging, öffneten sich einige Schubladen wieder und die Erinnerung kam zurück. Trotzdem – das Ganze würde gerade mal für ein paar Brocken reichen.

Er hasste es, in andere Länder zu fahren, ohne die Sprache zu beherrschen. Diese Hürde schloss ihn von so vielem aus. Wenn er eine Superkraft haben könnte, wäre es, alle Sprachen zu beherrschen. Ihm wären keine Grenzen gesetzt. Keiner kann einem besser die schönsten Orte der Region zeigen, die hippesten Bars, die Szene, als die Locals. Mit denen musste man in Kontakt kommen. Und was wäre da besser geeignet, als deren Sprache zu sprechen, um ins Gespräch zu kommen. Ja, mit Englisch kam man in den meisten europäischen Ländern und so gut durch, aber es war nicht dasselbe.

»Hier vorne kommt eine Tanke. Können wir gleich voll machen und wechseln.«, kommentierte Emilia das Hinweisschild.

Lukas nickte.

Sie parkte das Auto an der Zapfsäule. Lukas stieg aus, streckte und dehnte sich und gähnte. Seine Muskeln und Knochen schmerzten vom Sitzen.

Er öffnete den Tankdeckel, griff nach dem Zapfhahn und steckte ihn ein, drückte und … nichts passierte. Nochmal versuchte er es. Wieder nichts. Verwundert blickte er sich um, ob er irgendeinen Hinweis entdecken konnte. Aus Schweden wusste er, dass man seine Bankkarte oder Kreditkarte an der Zapfsäule einführen musste, aber hier gab es keine Möglichkeit dazu. Er versuchte, die anderen Leute zu beobachten, konnte aber nichts Hilfreiches erkennen. Emilia beobachtete ihn fragend im Rückspiegel. Er zuckte mit den Schultern und schob den Zapfhahn wieder in seine Vorrichtung.

»Häää?«, kam er nach vorne. »Wieso funktioniert das denn nicht?«

»Vielleicht müssen die das freischalten.«, bemerkte Emilia und deutete Richtung Kasse.

Mit leicht mulmigem Gefühl betrat Lukas die Tankstelle. Er stand in der Schlange und überlegte, wie er das formulieren sollte. Seine Hände wurden schwitzig, und sein Herz schlug schneller, je dichter er an die Kasse kam.

»Hola«, sagte die ältere Dame hinter dem Schalter.

»Hola Señora. Hablo Español un poco«, erwiderte er und bemerkte ihren angestrengten Blick.

»Gustaría recargar«, quälte er heraus und machte dazu eine Handbewegung, als würde er eine Zapfpistole in einen Tankstutzen stecken.

Die Dame antwortet zu schnell, als dass er auch nur einen Bruchteil hätte verstehen können. Er zuckte nur mit den Schultern. Dann vernahm er so etwas wie »Kreditkarte«, wühlte sie aus seinem Portemonnaie hervor und reichte sie ihr. Wieder fragte sie etwas und er merkte, wie ihm das Blut in den Kopf schoss. Sie wiederholte langsam

»Nu-me-ro«. Oh, oh, das verstand er. Er blickte nach draußen zu dem Bus und sagte »Cinco«, und zeigte die fünf Finger seiner Hand.

»Diesel?«

»Oui! Ehm … Sí.«

»Vale«, sagte sie und deutete ihm den Weg nach draußen. Er hatte keine Ahnung, was er zu tun hatte und was nun mit seiner Kreditkarte passieren würde, die immer noch bei der Dame lag. Also ging er langsam nach draußen.

Wieder zog er den Zapfhahn ab, steckte die Pistole in die vorgesehene Öffnung – und plötzlich floss der Sprit in den Tank.

»Ahhh … man muss hier erst seine Karte abgeben und kann dann tanken. Verrückt!«, erklärte er Emilia, die gerade auf dem Beifahrersitz saß und an ihrem Handy dödelte.

Als der Tank voll war, ging er an der Seitentür vorbei und musterte sie.

»Hola Señorita. Qué tal? Te quiero.«, hauchte er ihr zu und streckte seinen Kopf durch die Seitenscheibe, dazu machte er einen Knutschmund.

»Loco«, brachte sie nur hervor und drückte ihm ihre Lippen auf den Mund. Er griff nach ihrem Kopf, umschlang ihn mit seinen Händen und küsste sie richtig. Leidenschaftlich.

»Du bist kaputt, huh?«, erkundigte er sich.

Emilia schloss die Augen, nickte und zog eine Flunsch.

Kurze Zeit später kam Lukas mit der Rechnung, einer Packung Karamellbonbons und einem Kaffee in der Hand zurück, setzte sich ans Steuer und startete den Motor.

Gefühlt verging die Zeit gar nicht. Immer wieder, wenn er auf die Uhr schaute, fragte er sich, was er denn hier die letzten Minuten gemacht hatte. In seinem Kopf waren mindestens 30 Minuten vergangen, aber die Uhr zeigte nur fünf verstrichene Minuten an. Er blickte zu Emilia, die mit offenem Mund schlief und deren

Finger es gerade noch so schafften, die Zeitschrift über Deko und Wohnen und derartiges vorm Fallen zu bewahren.

Lukas legte den Kopf in alle Richtungen und ließ ihn dann kreisen. Er kurbelte das Fenster ein Stück weit herunter, damit ihn der Fahrtwind etwas erfrischte und wach hielt. Emilia zog ihren dünnen, selbstgenähten Stoffmantel ein wenig höher über die Schultern.

Er legte seine Hand in ihren Nacken und streichelte ihren Hinterkopf, was sie mit einem kurzen, kleinen und fast unauffälligen Grinsen kommentierte.

Endlich näherten sie sich der Gegend, in der sie übernachten wollten.

»Baby, hey … wach auf, wir sind gleich da.«, sagte er leise. Sie öffnete gähnend die Augen und schaute verwirrt in der Gegend umher, um sich zu orientieren. Als wäre das möglich.

Sie befuhren einen kleinen Kreisverkehr, das Navi lotste sie von der Hauptstraße auf einen Feldweg, der im Verlauf immer schmaler und sandiger wurde, und ein wenig Unsicherheit machte sich breit, bis sie das Schild zum Campingplatz entdeckten. Je näher sie kamen, desto schneller wollten sie wieder weg. Hausgroße, schneeweiße Wohnmobile blitzten durch die Bäume, und schnell war klar, dass man hier wohl wieder schön im Parzellenarrangement stehen würde. Beide kotzten gedanklich jetzt schon im Strahl.

»Da vorne ist der Platz. Ich park mal hier und dann checken wir das erst einmal aus.«, schlug Lukas vor.

Sie gingen an der Rezeption vorbei und dann die kleinen Wege entlang. Er hatte die Angewohnheit, jeden zu grüßen, der ihn anblickte. Und das taten hier gerade einige – was vielleicht auch an seiner durchaus sehr attraktiven Mitfahrerin lag. Und an ihren kurzen, knappen Jeansshorts. Das würde die Fantasie dieser braungebrannten Bierbauch tragenden, untervögelten Grill- und Campingmeister anregen. Nun ja, hatten deren Frauen auch mal wieder etwas Spaß. Wie sie beide dieses Dasein anwiderte.

Das war nicht ihre Vorstellung vom Campen. Mit Schlachtschiffen durch die Straßen zu ziehen, wo sich am Abend doch nur alles um den Fernseher drehte. Da könnte man ja genauso gut zuhause bleiben in den eigenen vier Wänden. Aber so hat jeder sein Ding, und Lukas akzeptierte das.

Nach einigen Metern kamen sie an einen freien Platz mit direktem Blick auf das Meer. Der Platz daneben war ebenfalls frei und zwischen beiden führte nur ein schmaler Weg direkt hinunter an den Strand.

»Na, der ist doch ganz cool. Oder was meinst du?«

»Ich habe Hunger!«, antwortete Emilia.

Fuck. Er hatte vergessen, einzukaufen.

»Argh … ähm … jaaa … gut bemerkt. Wir müssen dann nochmal einkaufen. Aber erst mal machen wir den Platz klar.«

Leicht genervt drehte sich Emilia um und ging.

»Tut mir leid, Baby …ich habe nicht dran gedacht. Ich wollte nur schnell her. Aber hier gibt's bestimmt 'nen Supermarkt in der Nähe. Wir fragen gleich mal. Also du fragst.«, und er trottete hinter ihr her und versuchte, sie einzuholen.

Gemeinsam betraten sie die Rezeption und Lukas tat so, als würde er sich die Prospekte angucken.

»Komm mal mit her!«, flüsterte sie ihm zu, und er tat so, als würde er freiwillig kommen.

»Hola«, sagte die Dame mit ihren dunklen Haaren.

»Hola. Yo … moi …« Ihr versagten die Worte, sie wurde knallrot, überlegte – die Dame ließ ihr Zeit. Emilia wurde nervöser, die Wangen füllten sich mit noch mehr Röte und sie schlug frustriert die Hände über dem Kopf zusammen.

»English?«, bot die Dame hinter dem Tresen an.

»Ohhh yes. Thank you.«, und alle lachten.

»We wanna stay one night with our Camper. And we already found a spot near the water.«, erklärte sie. Es dauerte eine Weile, bis alle Unterlagen fertig und ausgedruckt waren, bis alles Notwendige geklärt war und sie vor allem die Info hatte, wo sich der nächste Supermarkt befand.

Und gerade in dem Moment, als sie das Gebäude verließen, schafften es einige Sonnenstrahlen durch die Wolkendecke und erhellten nicht nur den nassen Boden.

Schon fünf Minuten später, auf dem Weg durch die kleine Stadt, musste Lukas seine Sonnenbrille aufsetzen, da es zu grell wurde. Ab jetzt würde alles besser werden. Die Sonne hatte die Macht, schlechte Laune zu vertreiben und die Menschen herzlicher werden zu lassen.

Lukas parkte den Bus und legte die Pedalsperre an. Auch wenn es nur ein stinknormaler Supermarkt war, schien alles so neu, so interessant, so spannend. Ja fast wie eine Entdeckungsreise in ein neues Land. Da waren die ähnlichen Produkte wie zu Hause, nur in einer anderen Aufmachung und in anderem Design. Trotzdem war Lukas völlig fasziniert, so dass er allein fünf Minuten durch den ersten Gang brauchte und alles in die Hand nehmen und Emilia zeigen musste. Völlig reizüberflutet zog er durch die Gänge und hatte schon längst vergessen, was sie überhaupt brauchten. Würde Emilia ihn nicht alle paar Sekunden ansprechen und mitschleifen, würden sie drei Einkaufswagen benötigen und noch morgen hier sein. Langsam wurde sie genervt, denn der Hunger wurde präsenter – und was sie brauchte, war etwas in den Bauch und keinen fünfjährigen Freund, der vor den Regalen stehenblieb.

»Komm jetzt bitte. Echt jetzt Lukas. Ich hab Hunger!«

»Ja«, rief er herüber und kam mit einer Handvoll Sachen ums Eck. Sie verdrehte die Augen, begutachtete die Dinge – und nahm ihm fünf der sechs Sachen aus der Hand, die sie in den Regalen ringsum ablegte. Natürlich nicht, ohne ihm noch einen bösen Blick zu zuwerfen.

»Aber …«

»Nichts aber!«, unterbrach sie seine beginnende Argumentation.

Warum verstand sie denn nicht, wie cool das hier gerade alles war?

Emilia drehte sich um und ging mit dem Einkaufswagen Richtung Kasse. Lukas machte einen Schritt nach vorne, blieb stehen, ging wieder einen Schritt zurück, schnappte sich noch eine Packung, die sie gerade zurückgelegt hatte und machte einen Satz nach vorne, damit er nicht hinter ihr zurück fiel.

Er wusste es nicht, aber sie hatte mitbekommen, dass er umgedreht war und grinste heimlich in sich. Sie würde ihn an der Kasse darauf ansprechen, er würde rumdrucksen und sich was einfallen lassen und unheimlich süß dabei sein, sodass sie ihn am liebsten dafür fressen würde.

Einige Stunden später waren sie vollgefuttert. Lukas ließ sich in den herumgedrehten Beifahrersitz sinken, schnaufte tief und hielt sich dabei die Plauze. Um ehrlich zu sein, war ihm ein wenig schlecht, aber das würde er nicht zugeben. Es war einfach zu lecker gewesen, um vorher aufzuhören.

Auf der Küchenzeile standen die leeren Dosen, Becher und das Geschirr wild durcheinander. Bei jedem Wackeln fiel Ruß von dem Gestänge auf das graue Metall. Kurzum: die Kochplatte sah schrecklich aus.

Langsam begann sich die Sonne zur Ruhe zu setzen, und Lukas musste einfach ein wenig frische Luft haben und sich bewegen. Er riss die Seitenschiebetür auf und atmete intensiv ein und aus.

»Komm, lass mal nochmal zum Wasser!«, schlug er vor, trat aus dem Bus und streckte sich in alle Himmelsrichtungen.

Emilia ließ sich rücklings in die Bettdecke fallen.

»No way! JETZT?«, fragte sie, schlug die Decke über sich und drehte sich zur Seite.

Lukas sprang in den Bus und zerrte an ihrer Decke, während sie versuchte, sie so gut wie möglich zu verteidigen. Aber sie war einfach zu schwach, um sie festzuhalten. Sie quengelte rum und wand sich dabei von links nach rechts. Ihre Hände griffen auf der Suche nach der Decke ins Leere und sie gab sich geschlagen. Mittlerweile saß er über ihr und malträtierte sie mit Kitzeleinheiten.

»LOS LOS! STEH AUF! AB ANS WASSER. LOS!!!«

Sie bekam kaum noch Luft vor Lachen und ihre Muskeln verkrampften. Es dauerte eine Weile, und langsam wurde Lukas immer fordernder. Schließlich gab sie nach und setzte sich auf.

Einige Minuten später hielt Lukas ihre Hand auf dem Weg zum Wasser und trug die blaue Yogamatte unter dem anderen Arm. Die flachen Wellen knallten in gleichmäßigem Abstand auf den Strand, und allein das Geräusch ließ die Herzen der beiden schneller schlagen. Der Wind fegte um ihre Haut und ließ Emilias Haare umherflattern. Man konnte förmlich das Salz des Meeres in der Luft schnuppern.

Lukas zog seine Schuhe und Socken aus. Der Sand unter seinen Füßen fühlte sich unheimlich gut nach Freiheit und Leichtigkeit an.

Er löste die schwarzen Gummischnüre von der Matte, rollte sie aus und schaffte es gerade so, mit ihr gegen den Wind anzukommen.

»Na dann leg mal los, du Yoga-Noob«, sagte er und erhob sich von der Matte.

Es dauerte eine Weile, bis Em drin war und sich und ihre Gedanken heruntergefahren hatte. Sie schloss die Augen und ließ den Wind um ihre Nase wehen. Sie versuchte so gut es ging, alle Gedanken in ihrem Kopf zu vertreiben und sich zu konzentrieren. Auf sich. Auf ihre Sinne. Nach und nach zeigten sich vor ihrem inneren Auge die Übungen, und ihr Körper begann wie automatisch, eine gestrecktere Haltung einzunehmen. Sie drückte ihren Rücken durch und saß kerzengerade da. Ihre Handflächen trafen sich vor ihrer Brust, und sie atmete bewusst tief ein und aus. Ihre Bauchdecke hob und senkte sich, und für Lukas schien es, als würde man die Luft sogar sehen, als er den Moment mit seiner Handykamera festhielt.

Mit jedem Foto wurde ihm bewusster, wie sehr er in diese Frau verliebt war. In ihre verrückte Art. In ihr Hipster-Dasein, wenn es um Mode, Design und Deko ging. In diese noch junge, naive Lebensart, die nicht negativ besprenkelt war, sondern sich in einer belebenden Art und Weise zeigte, die auch ihn aus dem Alltag holen konnte und ihn sich jung fühlen ließ. Sie schaffte es immer wieder, dass er die Welt mit den Augen sah, wie er es vor einiger Zeit schon verloren geglaubt hatte. Irgendetwas war in ihm passiert, und wenn auch langsam und sich weigernd, hatte er doch bemerkt, wie da eine andere Seite in ihm zu Tage kam und Überhand nahm. Sich über sein Gemüt legte und fortan da war, wie Nagelpilz. Den versuchte man ja auch mit irgendwelchen Mitteln zu beseitigen. Und jedem war klar, es wäre das Beste, einfach einen Schnitt zu machen und neu zu beginnen. Leider war das nicht so einfach.

Aber Emilia war genau das Mittel oder vielmehr die Person, die es schaffte, dass er sich wie ein Kind fühlen konnte, ohne gerichtet zu werden. Er konnte der kleine Junge sein, der er manchmal sein wollte, und sie liebte ihn dafür. In ihrer Nähe konnte er einfach er selbst sein. Wie nie zuvor. Er wusste tief in sich, dass sie ihn verstand und akzeptierte und ihn bedingungslos liebte.

Je mehr er sich dessen bewusst wurde, und das wurde er mit jedem gemachten Bild mehr und mehr, desto mehr Liebe wuchs da in ihm. Er beneidete sie für die Gabe, sich einfach aus dem Leben ›ausklinken‹ zu können.

Nach einigen Minuten war sie fertig und sie saßen wieder nebeneinander und schauten auf das weite Meer hinaus; jeder in seinen Gedanken, während die Möwen kreischend über sie hinwegsegelten.

12.

Völlig durchnässt erwachte er aus seinem Traum. Das Shirt klebte an seinem Körper, und seine Stirn fühlte sich an, als hätte jemand einen Eimer warmes Wasser über ihn geschüttet. Er trat die Decke beiseite und begann sich aufzusetzen. Mit halb geschlossenen Augen prüfte er, ob die Fenster offen waren, und Enttäuschung machte sich breit, als er feststellte, dass dem bereits so war.

Mühsam quälte er sich in seine Schuhe, während sein Puls noch fest in seinem Hals zu spüren war. Kräftig. Schnell. Zu schnell. Er musste an die frische Luft und durchatmen. Der Traum war so real gewesen. Zitternd schafften es seine Hände, die Seitentür zu öffnen, und er trat hinaus in die Nacht. Über ihm breiteten sich die Sterne aus. Nur ein paar Möwen waren in der Ferne zu hören. Er spürte das Herz in seiner Brust hämmern und das Blut durch seine Stirn preschen. Er spürte, wie jede Pore seines Körpers Schweiß absonderte. Tief sogen seine Lungen die frische Meeresluft in sich auf, verarbeiteten den enthaltenen Sauerstoff und stießen das Kohlenstoffdioxid durch lange Ausatemphasen hinaus in die nächtliche Luft.

Es dauerte eine ganze Weile, bis er verstand, dass es nur ein Traum gewesen war, der ihn in diesen Schockzustand versetzt hatte. Wenn auch ein sehr übler. Aber es war nur ein Traum. Und der entsprach ganz offensichtlich nicht annähernd der Realität. Denn Emilia ging es gut. Und sie lag in dem Bus. Lag da neben ihm, schlafend und nicht verwandelt und von irgendeiner Kraft besessen, die ihn töten wollte.

Langsam begriff auch sein Organismus, dass alles nur ein

böser Traum gewesen war und er nichts zu befürchten hatte. Ein paar tiefe Atemzüge, ein wenig Meeresrauschen und es ging ihm besser.

13.

Diesmal war es Emilia, die zuerst wach wurde. Das war selten.

Sie rieb sich die Augen, griff nach ihrem Handy und stellte den Flugmodus aus, den sie über Nacht eingeschaltet hatte. Sie scrollte durch die WhatsApp- und Facebook-Nachrichten und blieb dann bei einigen Feeds hängen.

Die Sonne gewann an Intensität, und schnell heizte sich der kleine Bus auf.

Erst jetzt bemerkte sie die mit Schweißperlen überzogene Stirn von Lukas.

Langsam pustete sie gegen sein Gesicht, und sein Körper schien die Kühle zu erkennen, denn er begann sich zu regen, und nur einige Sekunden später öffnete er halb die Augen und strahlte Emilia durch winzige Schlitze an. Sein Mund verzog sich zu einem Grinsen und sein Arm umschlang sie und zog sie an sich heran. Er grub seine Nase tief zwischen ihren Hals und ihre Schulter und drückte sie fester an sich. Ihre Hände kraulten durch sein Haar. Leise hörte man die Wellen regelmäßig auf den Strand brechen.

Es dauerte eine Weile und bedurfte ein paar sanfter Worte, bis Lukas schließlich wirklich wach wurde.

Wenige Minuten später standen sie beide vor dem Bus und putzten sich die Zähne, während in einem Topf auf dem kleinen Gaskocher die Baked Beans zu dampfen begannen.

Nach dem Frühstück schleppte sich Lukas mit dem Geschirr Richtung Sanitärräume. Emilia hatte sich unter die Dusche verdrückt. Heute hatten sie ordentlich Strecke zu machen, und wenn sie ehrlich waren, hatten sie dazu überhaupt keine Lust. Aber sie näherten sich immerhin ihrem Ziel. Diesmal würden sie wieder versuchen, ein paar Tage irgendwo in der Natur zu campen und Geld zu sparen.

Während Lukas zurück am Bus war und das saubere Geschirr einräumte, sinnierte er darüber, wie schade er es fand, so weit zu reisen und im Endeffekt so wenig von den jeweiligen Gegenden zu sehen. So weit sein Auge reichte, lagen Landschaften, die es zu entdecken galt. Ihn überkam der Drang, einfach seinen Rucksack zu packen und loszulaufen und diesen Berg dahinten zu besteigen, um von dort auf die Region herunterzuschauen.

Mit einem großen Handtuch um den Körper gebunden kam Emilia zurück. Kurz vor dem Bus pfiff sie und Lukas schaute aus der geöffneten Seitentür. Sie öffnete das Handtuch und hielt beide Enden fest in ihren Händen, während sie nur ihm den Blick auf ihren nackten Körper freigab. Lukas zuckte mit den Augenbrauen und winkte sie mit seinem Zeigefinger zu sich. Sie verschloss das Handtuch wieder vor ihrer Brust und näherte sich ihm langsam. Er manövrierte sich von der Liegefläche und setzte sich auf den Tritt an der Seite. Seine Hände umschlossen ihren Körper und packten entschlossen ihren Hintern. Sein Gesicht drückte er fest gegen ihren Unterleib und dann begann seine Hand, den Frotteestoff zur Seite zu schieben. Sein Kopf verschwand unter dem Handtuch und seine Zunge leckte über ihre Muschi. Emilia blickte sich zu allen Seiten um, aber da war niemand, der sie beobachtete. Ihre Hände griffen seinen Hinterkopf, drückten ihn fester gegen sie. Lukas Hand griff zwischen ihren Beinen hindurch, packte ihren Hintern, zog sie fester und dichter an sich heran. Sein Schwanz begann hart zu werden und er genoss das Gefühl, wie sich die Haut ihrer Vagina auf seiner Zunge anfühlte und wie sie feuchter wurde. Doch dann, schlagartig, wies sie ihn zurück und der Vorhang schloss sich vor seiner Nase. Mit einem dicken Grinsen schritt sie an ihm vorbei in den Bus.

Lukas schaute ihr nach und richtete sich auf, aber sie winkte ihm nur mit dem Zeigefinger ab und schüttelte den Kopf.

»Du gehst jetzt duschen, mein Mann. Und dann fahren wir los! Für so was ist noch später Zeit!« Im selben Moment hasste sie sich dafür, denn sie wollte ihn spüren oder an seinem harten Schwanz rumlutschen, bis er abspritzte. Aber dann wären sie wieder müde und würden sich hinlegen und einschlafen und sie mussten wirklich losfahren. Die Zeit lief ihnen davon, und so sehr es sich auch nach Urlaub anfühlte – das war es eben nicht. Nicht wirklich jedenfalls.

Lukas ließ den Kopf fallen und begann eine Flunsch zu ziehen, aber dann stand er auf, kramte seine Sachen zusammen und schaute sich immer wieder um, mit seiner nach vorne geschobenen Unterlippe und seinem Hundeblick, als er Richtung Dusche trabte.

Unter seinen Flip-Flops konnte er den feinen Sand spüren, wie er weiter in den Boden gedrückt wurde. Er erreichte den Sanitärbereich.

In dem kleinen Duschraum sprang er umher und drehte an den Apparaturen, bis sich die Wassertemperatur gut anfühlte. Er genoss den harten Strahl auf seinem Körper und den Geruch seines Duschgels. Es war wie eine Art Meditation für ihn. Nicht nur wusch er den Dreck von seinem Körper, sondern auch den ganzen Stress und all die unwichtigen Dinge, die ihm derzeit zu schaffen machten. Instinktiv und unbemerkt rieben seine Hände den Schaum immer kräftiger in die Haut, während das Wasser von seinem Kopf herablief und alles mit sich in die Untiefen des Abflusses riss. Lukas versuchte aufmerksam, alle Sinneseindrücke wahrzunehmen. Wie sich das heiße Wasser anfühlte auf seiner Haut. Wie es roch. Ganz intensiv nahm er plötzlich diesen Akt wahr, den er jeden Morgen vollzog, während er mit seinem Kopf bereits bei der Arbeit und bei den nächsten Aufgaben war. Aber hier fiel etwas von ihm ab und ihm wurde bewusst, wie wichtig es war, diesen Moment zu begreifen und als solchen zu realisieren.

Drei Stunden fuhren sie mittlerweile auf der Autobahn. An ihnen flogen die Landschaften und Hunderte von Autos vorbei.

Die Sonne hatte sich mittlerweile wieder hinter die Wolken verdrückt und machte wohl ein kleines Nickerchen. Lukas las in seiner Zeitschrift und machte hin und wieder Eselsohren in die oberen Ecken der Seiten, wenn er etwas besonders interessant fand.

14.

Sie hatten Roses, die kleine Hafenstadt in der Provinz Girona, hinter sich gelassen und fegten völlig übermüdet über den Asphalt. Auch wenn sie gerne einen Stopp eingelegt hätten, aber sie hatten keine Zeit übrig für Barcelona. Auch nicht für Valencia. Oder Cartagena.

Nach unzähligen Stunden auf den schotterigen Straßen und wachhaltendem Sing-along zur gesammelten Playlist erreichten sie Cabo de Gata. Die Temperaturanzeige des Motors hatte häufiger auf der Fahrt knapp an der 100 gekratzt, und Lukas hatte Sorge, dass der Motor überhitzen und die Zylinderkopfdichtung durchgehen könnte. Dann würden sie nirgends mehr hinfahren.

Hier, an diesem kleinen Ort in der Nähe von Almeria, zog er die Handbremse an, legte die Schlösser an, und es dauerte keine fünf Minuten, bis sie tief eingeschlafen waren.

Ein leichter Windzug weckte ihn, und er spähte über den Parkplatz, ob er irgendwo ein Klo ausmachen könnte. Nichts. Es regnete wie aus Eimern. Nicht gerade das Wetter, was er sich gewünscht hatte, so weit im Süden. Er wuselte sich aus der Bettdecke, stieg in seine Stiefel, kramte die Rolle Klopapier raus und steckte sie unter seinen Pulli. Er öffnete die Seitentür und die Kälte des Morgens umhüllte ihn. Schnell zog er die Kapuze schützend über seinen Kopf.

In einiger Entfernung entdeckte er einen kleinen Turm umgeben von Mauern. Es sah aus wie ein Fort. Interessiert ging er darauf zu und ärgerte sich, dass er sein Handy im Bus gelassen hatte. Tatsächlich war dies hier eine Art Fort mit einem kleinen

Turm in der Mitte. Es half alles nichts. So schön es hier auch war, aber es gab kein Klo in der Nähe und so hockte er sich auf der Seite des Meeres an die Mauer und verrichtete seinen morgendlichen Schiss. Toller Ausblick. Kostenlos. Konnte einem nicht jeder bieten. Nur er bekam etwas Angst, dass ihn einige der Fischer in der Nähe der Hütte ein paar hundert Meter weiter entdecken und am Turm aufhängen würden, weil er ihr Denkmal beschmutzt hatte.

Als er zurück kam, versuchte gerade ein großer Reisebus einen geeigneten Platz zu finden. Eine Gruppe von Senioren stieg aus. Schirme über sich aufgespannt, als würde es vom Fort aus gleich Pfeile hageln.

Emilia war bereits wach, als er zurück in den Bus trat. Sie fummelte wie immer an ihrem Handy rum, legte es aber beiseite, als sie ihn sah und streckte ihre Arme nach ihm aus. Er desinfizierte sich nochmal eben die Hände und kroch dann zu ihr. Küsste sie zärtlich auf ihre wundervollen Lippen und strich ihr die von der Nacht verwuschelten Haare aus dem Gesicht.

»Ein Stück da hinten gibt es eine coole Küstenlinie … vielleicht kommen wir da hoch und können ein paar Bilder schießen!«

Sie nickte zwar scheinbar interessiert, warf aber im nächsten Moment einfach die Bettdecke über beide Köpfe bevor sie begann, ihn liebevoll zu küssen und zu befummeln.

Nachdem er einmal und sie … wie oft genau … naja, seiner Schätzung nach so acht Mal gekommen war, musste Lukas sich bewegen. Sonst würde er direkt wieder einschlafen.

Er kramte die Schüsseln raus und zauberte ein kleines aber leckeres Müsli mit Obst und Früchten.

Auch wenn Emilias Laune nach der Zehn-Stunden-Fahrt vom Vortag eher mäßig war und sie lieber einfach den Tag hier im Bett verbringen wollte, war ihr bewusst, dass die Zeit drängte und sie bald schon wieder on Tour sein müssten, um alles rechtzeitig zu schaffen. Und ihr war klar, dass Lukas keine Ruhe geben würde, bevor sie nicht dort oben auf dem Hügel stehen und Bilder machen würden. Seine Sucht nach dem rauen Meer war unersättlich.

Eine halbe Stunde später stellten sie den Bus am obersten Punkt ab, den sie mit dem Auto erreichen konnten. Der Wind blies heftig, und Lukas musste sein Cap festhalten, bevor es wegwehte. Seine Wangen wurden sofort rot, denn der Wind peitschte auch den umliegenden Sand ins Gesicht. Jetzt hätte er sich natürlich eine lange Hose anziehen können, aber das würde er schon aushalten … die paar Minuten.

Die paar Minuten wurden unterm Strich zu einer Dreiviertelstunde, und Emilia kraxelte wütend vom Strand zurück über die großen Felsen. Der feine Sand fühlte sich auf der Haut an wie Schmirgelpapier. Oder als würden sie mit winzigen Nadeln beschossen werden.

Aus Angst, sein geliebtes Cap zu verlieren, hatte Lukas es mittlerweile unter seinen Pulli gestopft. Nun hatte er also den ganzen Sand auch in den Haaren. Aber der Ausblick und die Geräuschkulisse, die er dafür endlich zu sehen und zu hören bekam, wog all die Schmerzen auf. Feste Schuhe wären auch gar nicht so schlecht gewesen, musste er feststellen. War schon eher blöd, so über die Felsen zu latschen. Aber immerhin gab es ein paar tolle Aufnahmen. Emilia war schon außer Hörweite, als er noch in einer Sammlung aus angespülten Meeresschätzen herumstocherte. Wenigstens regnete es nicht mehr.

Keuchend legte er die letzten Meter der Steigung zurück und suchte unter seinem Pulli nach dem Cap.

Hier war es nicht. Da nicht. Er zog den Pulli hoch. Was zum … ach, fuck. Bestimmt war es rausgefallen, als er auf den einen Felsen klettern musste, und nun wehte sein geliebtes Norderstedt-Mustang-Cap wohl irgendwo auf dem Meer herum. Er überlegte kurz, ob er … Nein. Emilia war bestimmt eh schon grantig, und er wollte dazu nicht noch mehr beitragen. Er fluchte dennoch innerlich.

»Ich habe mein Cap verloren!«, gestand er, als er am Bus ankam, in dem seine Freundin zitternd saß und die Arme um sich geschlungen hatte, eingewickelt in eine der Decken.

Sie beachtete ihn nicht.

»Du fährst. Jetzt!«, befahl sie, ohne ihn eines Blickes zu würdigen.

Ohne Gegenworte, weil keine Lust auf Diskussion, fegte er sich den Sand von den Füßen, setzte sich ans Steuer und fuhr los.

Mittlerweile waren sie wieder seit Stunden auf der verregneten Autobahn A7. Nicht die nach Hamburg, sondern die Autovía siete, auch Autovía del Mediterráneo genannt. Der Name erinnerte ihn an zuhause. Ach, was war das immer für ein toller Anblick, wenn man sich nachts von Süden her auf der A7 der Stadt näherte und in Richtung Elbtunnel fuhr. Vorbei am beleuchteten Hafen. An der Köhlbrandbrücke entlang, wo die LKW aus oder in Richtung Wilhelmsburg den Seitenkanal der Elbe überquerten. Hier am Hafen quoll das Leben aus jedem aufgetürmten Container. Vorbei waren die Zeiten, in denen die riesigen Frachter tage-, ja wochenlang im Hafen lagen und ihre Ladung gelöscht wurde. Heutzutage waren die meisten der Schiffe in weniger als acht Stunden wieder unterwegs mit neuer Ladung. Schade für die Besatzung.

Das lag natürlich auch daran, dass die Leute alles sofort haben wollten. Diesen Wandel bemerkte er auch bei seiner Arbeit immer häufiger. Die Leute kannten es gar nicht mehr, zu warten. Auf etwas hinzuarbeiten. Sich zu behaupten und zu beweisen. Sie forderten alles direkt und sofort, denn der Markt, egal ob es um eine Arbeitsstelle oder ein bestelltes Teil aus dem Ausland ging, hatte sich dahin gehend entwickelt, dass man jederzeit noch die Wahl hatte, sich für jemand anderen oder etwas anderes zu entscheiden. Alles fordern. Jetzt, oder ich geh woanders hin. Kannst Du das leisten? Nein? Na schön, dann bestell ich woanders. Lukas erinnerte sich an eine seiner Hauspartys als Jugendlicher. Da wollten er und seine Jungs auch unbedingt JETZT das tiefgefrorene Cordon Bleu. Warten, bis der Ofen es aufgetaut hatte? Niemals. Der Fressflash nach dem Gras sagte JETZT. Also rein in die halb vorgeheizte Pfanne, schön volle Pulle, anbraten von allen Seiten

- sieht doch top aus von außen. Schöne Farbgebung. Riecht auch gut. Na dann mal los.

Und die Gabel stocherte in den eisigen Kern. Naja, zumindest den Teil drum herum konnte man essen. Hauptsache jetzt und nicht erst später.

Seine Gedanken blieben am Asphalt der Autobahn hängen wie Reifengummi im Sommer.

Dann weckte ein merkwürdiger Anblick sein Interesse, während Emilia auf dem Beifahrersitz schlief.

So weit das Auge sehen konnte, waren Folien über die Landschaft gespannt. Er begriff nicht und konzentrierte sich kaum noch auf den Verkehr. Konnte ihm auch egal sein, denn er fuhr ganz rechts und wurde ja eh schon von den LKW überholt. Was war das nur? Es hätte die Strahlen reflektiert, wenn die Sonne geschienen hätte. Flach über dem Boden waren über die gesamte Fläche neben der Autobahn Planen gezogen.

Lukas weckte Emilia und zeigte mit dem Finger auf die Gegend um sie herum.

Em brauchte eine Weile, bis sie die Augen vollständig geöffnet und ihre Pupillen so fokussiert hatte, dass sie erkennen konnte, was sich hier vor ihr über hunderte von Hektar erstreckte. Sie kramte ihr Handy hervor und fand schon kurze Zeit später die Lösung.

Völlig erschüttert zeigte sie ihm die Luftbilder der Region um El Ejido, die durch Mega-Gewächsanbau zu einer der reichsten Städte Spaniens geworden ist. Der Preis dafür: Pestizide, fallende Grundwasserspiegel, Billiglöhne, härteste Arbeitsbedingungen. Anlocken von Flüchtlingen, die sich ein besseres Leben erhofften. Und tatsächlich, wenn auch mickrig, war der Lohn dennoch genug, um ihn nach Hause zu schicken und der Familie zu beweisen, dass scheinbar alles besser ist auf der europäischen Seite. Zu peinlich wäre es, die Wahrheit zu sagen.

Schuld daran sind wir alle. Unser billiges Obst und Gemüse

aus dem Discounter. Weil wir immer alles zu jeder Zeit und billig haben wollen.

Eine Diskussion brach los, wie sie beide ihr Leben und ihre Einkaufsgewohnheiten ändern würden, wenn sie zurück wären, und ob man denen dann nicht sogar noch das Letzte nimmt, wenn es keine Abnehmer für Billigobst mehr gäbe. Ein beschissener Kreislauf hatte sich heimlich etabliert und Funke für Funke vom kleinen Streichholz zum großen Waldbrand entwickelt. Zum Kotzen.

Emilia hatte über einen Artikel einen Graphic Novel entdeckt mit dem Namen UNSICHTBARE HÄNDE.

Ein, zwei Klicks und zack, war es bestellt. Würde da sein, bevor sie aus dem Urlaub zurück wären.

Sie ließen Málaga und Marbella hinter sich. Bestaunten aus der Ferne Gibraltar. Da gab es den Affenfelsen und es war britisches Überseegebiet, das wusste Lukas noch. Dann wurde es eher dunkel um das Thema. Schlimm. Müsste er wohl mal etwas nachschlagen.

Er fühlte sich immer öfter dumm hier draußen in der Welt. War es schlimm, dass man solche Sachen nicht wusste? Was hatte man ihm in der Schule eigentlich beigebracht, fragte er sich. Wohl sicher nicht die relevanten, lebensnotwendigen, wichtigen Sachen. Wie zum Beispiel welche Versicherungen man wirklich braucht und worauf man bei Vertragsunterzeichnungen zu achten hat. Wie man energieschonend lebt. Welche Rechte und Pflichten man als Mieter hat. Wie man gesund und effizient kocht. Warum Microadventures dem Leben und der Seele gut täten, anstatt um die Welt zu fliegen. Wie man unter Stress richtige Entscheidungen trifft. Wie man Resilienz erschafft. Ach, es gab tausende Dinge, die er erst nach der Schulzeit gelernt hatte. Und gefühlt war all das und jeder kleine Urlaub mehr Lehre gewesen, als all die 13 Jahre in der Schule.

Kurzer Halt für Klo und ein Foto rüber nach Afrika von einem kleinen Parkplatz mit angeschlossenem Imbiss bei Tarifa. Spannend. Also wirklich. Für die Erinnerung noch eine Postkarte gekauft und weiter ging es auf den abendlichen Straßen Spaniens.

Erschöpft und trotz der ganzen kleinen Snacks hungrig, kamen sie an einer Surfschule bei Valdevaqueros nördlich von Tarifa an. Die Surfschule und die dortigen Unterkünfte waren geschlossen. Aber auf dem Parkplatz davor standen zwei weitere Bullis. Es regnete wieder einmal, aber viel würden sie heute eh nicht mehr machen. Was futtern. Vielleicht ein paar Seiten lesen und dann schlafen, um für den letzten großen Rutsch in Richtung Portugal fit zu sein.

Sie hatten gerade das Nudelwasser aufgekocht, als es an der Scheibe klopfte. Lukas wischte die vom Kondenswasser beschlagene Scheibe mit seiner Handfläche frei und blickte in das Gesicht eines Mittfünfzigers, braungebrannt, Falten vom UV Licht, lange Haare zum Zopf gebunden.

Er schob die Scheibe zur Seite.

»Hola!«, begrüßte ihn Lukas.

»Hallo ihr beiden.«, erwiderte sein Gegenüber überraschend auf Deutsch.

»Ihr könnt hier aber nicht pennen. Tut mir leid. Ist Privatgrundstück und die Anlage macht erst in einigen Wochen auf.«

Lukas war überrascht, erkannte aber, dass sich bereits die anderen Busbesitzer aufrappelten und vom Hof fuhren.

»Aber ich sehe schon, ihr macht gerade Essen. Na. Esst erst mal und dann fahrt ihr, okay? Ein kleines Stück weiter runter Richtung Dünen ist ein Campingplatz. Da könnt ihr stehen!«

Nicht gerade das, worauf Lukas und Emilia jetzt so Bock hatten, aber auf Stress noch weniger und so nickte Lukas ihm zu und bedankte sich, fragte, ob er auch eine Portion Veggie-Bolognese wolle, was der Braungebrannte verneinte. Dann ließ er sich den Weg zum Campingplatz kurz erklären und versprach, dass sie in spätestens einer Stunde unterwegs sein würden.

»Alles klar. Schönen Urlaub und sorry für die Umstände. Ich kenn das selbst noch aus meiner Jugend. Nervt, wenn man immer fortgeschickt wird.«

Dann stoppte er in seinem Abgang, hielt kurz inne, drehte sich wieder zu den beiden und kam näher an den Bus.

»Fahrt an dem Campingplatz den Weg weiter hoch. Da kommt ein kleiner Parkplatz. Da kann man gut in der Nähe des Wassers stehen. Manchmal kommt da so 'n Sicherheitstyp. Der meckert rum und haut wieder ab. Klos könnt ihr am Campingplatz benutzen. Insider-Tipp. Haut rein.«

»DANKE!«, rief ihm Lukas hinterher und sah, dass er an den nächsten Bus klopfte.

Vollgefuttert und mit wenig Bock, überhaupt noch etwas vom Körper zu bewegen, rappelte sich Lukas hoch und setzte sich an das Steuer. Es dauerte eine Weile, bis Em neben ihm Platz genommen hatte. Sie sah fertig aus. Blass. Die Augen gerade mal halb geöffnet.

»Hey, bekomm ich einen Knutsch?«, fragte er fordernd, und sie mühte sich zu ihm herüber und küsste ihn sanft. Man spürte ihre Erschöpfung. Er legte seine Hand in ihren Nacken und massierte ihn leicht.

Wackelnd fuhren sie durch den vom Regen aufgeweichten Weg auf die Hauptstraße. N-340 runter Richtung Casas de Pollo. Am Restaurante El Olivo links rein, die Straße immer geradeaus. Links Richtung Camping Jardin de las Dunes. Außer dem Übernachtungsverbot war durch das Graffiti auf dem großen Schild beim Parkplatz nichts mehr zu erkennen. Aber hier standen sie alle. Ein Bus, ein Wohnmobil neben dem nächsten.

Sei es drum.

Sie suchten sich einen Spot mit Blick auf das Meer und schliefen, noch bevor sie alle Klamotten ausgezogen hatten.

Erschrocken riss Emilia die Augen auf. Wild klopfte da einer an die Scheibe. Sie ruckelte an Lukas, der sie nur kurz durch Schlitze von Augen ansah, sich dann umdrehte und wieder die Decke über den Kopf zog.

Sie rutschte samt Decke nach vorne und schob den grauen Vorhang zur Seite. Da stand ein kleiner uniformierter Typ und schimpfte wild gestikulierend. Sie öffnete die Scheibe, und er ließ ein paar offensichtlich böse Botschaften auf Spanisch auf sie niederprasseln. Sie nickte. Bekam einen Speichelspritzer ab, war aber so irritiert, dass sie ihn nicht wegwischte und versuchte ihm zu erklären, dass sie gleich fahren würden – inzwischen auf Englisch. Er dann auch. Noch böser. Er sah so witzig dabei aus, dass Emilia echt Probleme hatte, nicht loszulachen. Wie so ein kleiner Parkplatz-Hitler fuchtelte er da umher, und dann zog er fluchend von dannen und klopfte an die nächste Scheibe.

»Wie soll man denn hier schlafen können?«, kam es unter der Decke hervor, und Lukas Kopf wuchs von dort langsam empor.

»Ich glaub, er meinte, wir sollen verschwinden!«

»Machen wir. Später. Und jetzt komm her!«

»Nee Lukas, echt nicht. Keinen Bock auf Strafzettel oder Kohle bezahlen. Die ziehen einen hier doch eh übers Ohr!«

»Nanana, mal nicht so vorurteilsbehaftet, junge Rebellin.«

Lukas kramte sich aus dem Wust aus Decken und merkte, dass er super dringend pinkeln musste.

»Ich mach mich mal auf zum Klo.« informierte Lukas sie kurz und küsste Emilia auf den Kopf, weil er merkte, wie angespannt sie wegen der Situation war.

Auf dem Weg hielt er kurz bei einem Auto mit deutschem Kennzeichen, dessen Besitzer gerade sein Gepäck verstaute.

»Moin. Hat der bei dir auch schon geklopft?«

»Hi«, erwiderte der in die Jahre gekommene Hippie.

»Ja, ja, der macht hier immer Terz. Ist vom Campingplatz oder so. Er droht immer mit Strafe, aber ich steh hier seit knapp 'ner Woche und bis jetzt ist nichts passiert. Wo kommt ihr her?«

»Hamburg. Sind auf dem Weg nach Portugal. Aber ich muss erst mal aufs Klo!«, antwortete Lukas und trottete voran.

Als er zurück kam, war der Bus bereits aufgeräumt und Em schien startbereit zu sein.

Heute war er als erstes Beifahrer.

Seine Finger spielten am Handy rum. Aux-Kabel rein. Gitarrenintro. Und noch bevor die Stimme aus den Boxen krachen konnte, verstummte der Sound.

»Ey, das ist FJØRT!«

»Is' mir egal, wer das ist … ich habe jetzt keine Lust auf so einen Schreikram!«

Um des Friedens Willen gab er nach und stoppte den Song.

»Parkway Drive?«, fragte er witzelnd, worauf er einen kräftigen Kniff in den Oberschenkel erntete.

Ein letzter langer Trip, der sie Kraft kosten würde. Unzählige Stunden auf der Autobahn und auf Landstraßen. Über die Grenze endlich nach Portugal. Nur noch ein wenig durchhalten, und sie hätten ihr Ziel erreicht. Mittlerweile saß Lukas am Steuer. Sein Hintern tat weh. Seine Füße schmerzten in den Schuhen in dieser immer gleichen Haltung. Ihm war schlecht von Süßigkeiten und von der Cola, die ihn wachhalten sollte.

Doch das einzige, was ihn jetzt noch wachhalten würde, wäre Musik. Seine Musik. Schluss mit Palaver und trendigem Pop-scheiß.

TEIL 3

15.

Langsam fuhren sie die Auffahrt hinauf. Der Bus passte gerade so durch das grüne eiserne Tor.

Zu beiden Seiten wuchsen kleine Bäume und Sträucher, und überall strahlten die Blumen und Früchte in den herrlichsten Farben.

Lukas und Emilia kamen aus dem Staunen nicht heraus. In Schrittgeschwindigkeit schob sich der Bulli auf dem Sandweg den kleinen Hang nach oben, immer dichter an das kleine Haus heran. Die gesamte Außenfassade des Hauses war mit weiß-blau gemusterten Kacheln verziert und wirkte dadurch unbeschreiblich schön. Zugegebenermaßen, es war schon etwas in die Jahre gekommen, aber dennoch ein sehr heimischer Ort, an den man gerne zum Feierabend nach Hause kommen wollte.

Die abendliche Sonne schien auf die Front des Hauses und wurde im Fenster des ersten Stockwerks gespiegelt. Sie blendete Lukas, so dass er die Hände vor die Augen halten musste. Er drehte den Zündschlüssel nach links und ließ den Motor ausgehen.

»Nice!«, sagte er, ohne den Blick abzuwenden.

»Ohhhh ja. Echt richtig schön.«

»Und jetzt? Ich mein, klopfen wir und sagen: Hallo, da sind wir, oder was?«

»Würde ich sagen.«, erwiderte Emilia im gleichen Stil und öffnete die Beifahrertür.

Lukas betätigte den Hebel der Fahrertür und stieg ebenfalls aus dem Auto. Er streckte sich, und man konnte einige Glieder knacken hören. Dann gähnte er laut und hielt sich die Hand vor den Mund.

Langsam gingen sie zur blau angestrichenen Eingangstür. An ihr waren kleine geformte Hände aus Gusseisen als Griffe, wie sie es auf ihrer Reise schon einige Male gesehen hatten.

Plötzlich griff Emilia fest Lukas' Hand und klammerte sich an seinen Arm.

»Hey, alles klar?«

Sie reagierte nicht.

»Hey! Heyy?!«

Lukas drehte sich zu ihr und sah, wie sich Schweiß auf ihrer Stirn bildete. Ihr Blick war starr auf die Tür vor ihr fixiert.

»Hey Emilia. Alles klar?«

Er machte sich Sorgen. Noch nicht wirklich doll, aber es kam ihm schon unheimlich vor. Doch gerade als seine Angst dabei war, Überhand von ihm zu nehmen, blinzelte Emilia, und ihr fester Griff löste sich.

Apathisch stand sie da und wankte, wie ein Baum im Wind.

Ihre Lippen bewegten sich sanft, als würde sie etwas sagen wollen. Doch kein Ton entsprang ihrer Kehle. Nur ein tiefes Ein- und Ausatmen. Es klang fast wie Meeresrauschen, wenn die Wellen brechen und an den Strand spülen.

Lukas hielt sie fest an seinen Händen, denn es schien, als wäre sie betrunken und wäre kurz davor, umzufallen.

»Em!«, sagte er laut und drückte so fest ihre Hand, dass er es knacken hören konnte und sich selbst kurz erschrak.

»Puuuhh, mir war kurz richtig schwindlig und komisch im Bauch.«

»Aber jetzt geht's wieder? Kotz' hier nicht in die Hecke.«

»Haha..ja geht wieder. Bestimmt durchs lange Sitzen oder so. Aber is okay.«

Lukas' Puls normalisierte sich wieder. Er hatte mal eine Freundin mit einer Form von Epilepsie, durch die sie in unregelmäßigen Abständen Absence Phasen hatte. Sie war dann zwar wach, aber für einige Sekunden, manchmal bis zu zwei Minuten, völlig abwesend. Dann starrte sie in der Gegend umher, als wäre sie mit ihren Gedanken oder ihrem Kopf gerade in einer völlig anderen Welt.

Sie schritten den kleinen Absatz zur Tür hinauf und Lukas klingelte.

Er klingelte noch einmal, da nichts passierte.

»Hmm, ich seh auch gar kein Auto!«

Er schaute sich um, und Emilia tat es ihm nach.

»Vielleicht ist sie nochmal einkaufen gefahren oder so?!«, kam es ihr in den Sinn.

»Ich geh mal gucken!«, sagte er, drehte sich um und begann an der Hausseite entlang zu gehen.

»Lukas. Stopp. Komm her. Wenn die jetzt kommt. Komm her!«, als würde sie mit einem Hund reden.

»Warte mal, ich will ja nur gucken, ob vielleicht jemand da ist!«

»Ja, anscheinend ja nicht. Komm, wir warten im Bus. Die kommt sicher gleich. Keinen Bock, hier als Einbrecher festgenommen zu werden und im portugiesischen Frauenknast zu landen. Komm! Lukas?«

Er war hinter der Häuserecke verschwunden und antwortete nicht mehr. Sie überlegte kurz, ob sie ihm sein Abenteurer-Dasein gewähren ließ oder ihn zurückpfeifen sollte. Dann schritt auch sie die kleine Treppe herunter und ging ihm nach. Doch da war kein Lukas um die Ecke.

»Lukas!«, sagte sie ernst und herrisch.

»Ey, wehe du erschreckst mich.«, warnte sie ihn. Dann setzte sie an, um an die Hinterseite des Hauses zu gelangen. Plötzlich stand Lukas vor ihr. Kreidebleich. Sie erschrak so sehr, dass ihre Beine kurz in sich zusammensackten und vor Schreck schlug sie ihm kräftig auf die Brust.

»Du Arschloch. Ich habe gesagt …«

»Ich glaub, die ist tot.«, unterbrach er sie und zeigte die Wand entlang zum Fenster.

»WAS? Wer? Du verarscht mich!«

»Nein, ich … Komm mal mit, da sitzt jemand auf dem Fernsehsessel und ich habe schon geklopft, aber die reagiert nicht und der Fernseher läuft. Ich mein, die Klingel muss man doch hören oder?«

Emilia ging an ihm vorbei und schaute durch das Fenster. Auch sie klopfte hart dagegen.

»SEÑORA!«

»SEÑORA!«

Keine Reaktion.

»Mach keinen Scheiß. Was machen wir denn jetzt?«

»Ach, die pennt bestimmt nur.« Nun versuchte es Lukas erneut und hämmerte ordentlich gegen die Fensterscheibe.

»Aufmachen … POLIZEI!« witzelte er.

Nichts passierte.

»Ich geh nochmal rum und klingel Sturm.«, schlug er vor.

»Ey, nimm mich mit.«, sagte Emilia, hielt sich an seinem Gürtel fest und folgte ihm durch das Gestrüpp hinterm Haus.

Sein Zeigefinger betätigte die Klingel. Wieder und wieder und wieder. Dann umschloss seine Hand den Türknauf.

»Was machst du?«

Plötzlich drehte sich der Knauf und die Tür war offen.

Emilia warf ihm einen ängstlichen, flehenden Blick zu. Aber Lukas hatte schon den ersten Schritt in das Haus gemacht.

»Bist du jetzt bescheuert, oder was? Wenn die echt tot ist, sind wir doch die ersten Verdächtigen. LUKAS. HÖR AUF MIT DEM SCHEISS!«

Mit langsamen, vorsichtigen Schritten ging er weiter vorwärts durch den Flur.

Seine Freundin immer noch im Schlepptau, spannte er seine Muskeln an und versuchte gleichzeitig, ruhig zu atmen und sich zu konzentrieren.

Und dann dachte er, er wird verrückt. Denn in dem Sessel saß niemand.

Er drehte sich zu Emilia um, die genauso wie er mit weit aufgerissenen Augen in das Wohnzimmer starrte.

Noch bevor sie begriffen, was geschah, knallte Porzellan auf den Boden, zersprang, und eine bräunliche Flüssigkeit spritzte über die Holzdielen. Ein greller Schrei hallte durch die Räume, auch Emilia begann zu schreien – und sackte kurz darauf in sich zusammen. Lukas blieb der Atem stehen, sein Mund war trocken, und so sehr er auch wollte, er konnte nicht schreien. Da nahm die Frau vor ihnen die Kopfhörer ab und ballte die Fäuste vor sich, bereit für einen Kampf, den sie sicher verlieren würde, so schmächtig und zierlich wie sie war.

»O que você quer?«, rief sie.

»Was? Was? We don't speak Portuguese!«, rief Lukas zurück, drängte Emilia hinter sich und stellte sich schützend vor sie, bereit, sich mit der anderen Hand zu verteidigen. Im Bruchteil von Sekunden scannten seine Augen den Raum nach etwas ab, was er als Waffe nutzen könnte.

»Emilia?«, beruhigte sich plötzlich die Frau und schaute auf das Gesicht hinter Lukas.

»Emilia? Bist du das?« Ihre Stimme wurde sanfter und ihre Muskeln entspannten sich. Sie legte die Hände vor die Brust.

»Herr Gott, habt ihr mir einen Schrecken eingejagt. Ich bin fast gestorben!«, sagte sie schließlich und stieß einen tiefen Seufzer aus.

Lukas fühlte sich noch nicht ganz sicher, und auch Emilia blieb immer noch in ihrer geschützten Position.

»Ja, ich bin es! Wir dachten, du … Wir …«

Lukas half nach.

»Wir dachten, Sie sind tot. Wir haben geklingelt und geklopft und dann haben wir Sie durch das Fenster hinterm Haus im Sessel sitzen sehen, und Sie haben auf nichts reagiert.«

Jetzt atmete auch er tief ein und aus.

»Oh je, ihr Armen. Das tut mir leid. Ich hatte viel später mit euch gerechnet und habe mein Hörbuch hier gehört.

Der Fernseher läuft immer nur nebenbei. Aber ich bin vermutlich eingeschlafen und dann wohl durch euer klingeln oder klopfen wach geworden, musste ganz dringend zur Toilette – da steht ihr hier plötzlich im Haus und ich dachte, ihr seid Einbrecher. Das wäre ja nicht das erste Mal. Kommt rein. Herrje, entschuldigt bitte den Schrecken.«

»Ha, na da fällt uns aber ein Stein vom Herzen. Sind wir doch extra für einen Toten hergekommen, den ganzen Weg!«, sagte Lukas belustigt, während ihm Emilia sofort gegen den Oberarm boxte.

»Oh Entschuldigung. Wir, wir …« Emilia suchte nach den richtigen Worten.

»Wer sind sie denn überhaupt? Und wie sind sie auf mich gekommen?«

»Hach, mein Herz, natürlich … kommt, kommt. Geht erst einmal in das Wohnzimmer und macht es euch bequem. Ich hol eben ein wenig Kuchen – und wollt ihr Kaffee oder Tee oder etwas anderes?«

»Auf den Schrecken vielleicht 'nen Schnaps?«, fragte Lukas und erntete sofort einen bösen Blick von seiner Freundin.

»Oder Kaffee ist völlig okay!«, sagte er schließlich.

»Ich hätte gern einen Tee und ein Glas Wasser. Ich bin am Verdursten!«

»Das glaub ich dir. Und einen Schnaps kann ich auch gut vertragen!«, sagte sie, während die ältere Dame mit ihren rötlich gefärbten kurzen Haaren in Richtung Küche verschwand.

Triumphierend und rechthaberisch blickte er zu Emilia, die ihn weiter böse ansah.

»Was?«

»Kannst du dich ein bisschen benehmen? Schließlich ist vor Kurzem ihr Mann oder Freund oder …mein Onkel gestorben!«

»Ich bin doch nur froh, dass sie von den Toten auferstanden ist und es Kuchen gibt.«

»Idiot.«

Irgendwie schaffte er es schon wieder, dass sie nicht mehr böse auf ihn war und sie versuchte so gut es nur ging, ihr Grinsen zu verbergen.

Leise begann das Radio, Musik durch den Raum zu tragen. An den Wänden hingen langweilige Kunstdrucke von Wellen und Blumen, und so schön das Haus von außen ausgesehen hatte, so trist war es hier drinnen. Die Möbel sahen zu sehr nach Möbelhaus aus. Irgendwann ist hier die Persönlichkeit wohl auf der Strecke geblieben, oder aber sie war noch nie präsent. Vielleicht hatte aber auch ihr Onkel etwas von dem Charme mitgenommen auf seinem Weg aus dieser Welt. Erst jetzt erblickte sie die drei Fotos an den Wänden. Sie stand auf, trat dichter heran und ließ ihre Augen über die Fotografien fliegen.

Da war ihr Onkel zusammen mit dieser Frau. Ordentlich gekleidet. Und nichtssagende Gesichtsausdrücke vor weißem Hintergrund. Sie versuchte, sich an ihn zu erinnern, und als würde es ihr dabei helfen, streckte sie die Nase dichter an das Bild heran und kniff die Augen zusammen. Aber es gelang ihr nicht, und das ärgerte sie.

Auf dem zweiten Bild sah man ihn in einem Neoprenanzug mit einem großen Surfbrett vor der Küste stehen, während die Wellen auf den Strand knallten. Man erkannte quasi nichts von seinem Gesicht.

Das dritte zeigte ihn mit einer Kindergartengruppe vor einer großen Gesteinsformation. Man konnte in dem Bild das Chaos erkennen, das etwa fünfzehn Kinder zu verursachen imstande waren. Alle standen mit matschigen Füßen im feuchten Sand. Einige von ihnen hielten etwas in den kleinen Händen, was nur auf den zweiten Blick als Krebse zu erkennen war. Andere standen da mit ihren Keschern. Und wieder andere schienen sich gerade zu streiten und dabei vollkommen zu vergessen, dass sie eigentlich gerade für ein Gruppenfoto posieren sollten. Aber ihr Onkel stand stolz da und lachte aus voller Lebensfreude in die Kamera. Er hatte seine Hände um die zwei Jungen neben sich gelegt, die heldengleich ihre Arme vor der Brust verschränkten, nachdem sie zuvor anscheinend eine riesige Entdeckung gemacht hatten. In dem Bild steckte so viel Energie, dass Emilia selbst zu lachen begann und sich in den zurückliegenden Moment an diesen Ort wünschte.

»So ihr lieben«, unterbrach die Stimme der Dame ihre Gedanken.

»Oh ja, das ist Heinz, oder Dom Henrique, wie ihn die Kinder nannten. Benannt nach dem bekannten portugiesischen Seefahrer Heinrich.«

Ihr Blick löste sich von dem Bild, und sie stellte das Tablett auf dem Tisch vor der Couch ab.

Nochmals blickte Emilia auf die Fotos, aber da rührte sich nichts in ihren Hirnwindungen. Dann kam auch sie zur Couch.

Lukas und die alte Dame hielten ein kleines Glas mit bernsteinfarbener Flüssigkeit vor sich.

»Das ist Beirao. Ein feiner Likör aus Portugal. Es gibt auch eine Geschichte dazu, von einem Reisekaufmann und der Tochter eines Apothekers und ach, das krieg ich nicht mehr ganz zusammen. Also auf die beiden.«

Sie hob ihr Glas in die Luft. Lukas tat es ihr gleich, und Emilia erhob ihr Wasserglas.

»Auf Dom Henrique!«, sagte sie schließlich. Und sie tranken still und leise, jeder in seine Gedanken vertieft. Bis Emilia die kleine Träne an der Wange der Frau auffiel. Auch Lukas hatte sie gesehen, blickte aber tief in das entleerte Glas.

»WOW«, sagte er.

»Der ist aber verdammt gut. Halleluja!«

»Oh, magst du noch einen? Keine falsche Bescheidenheit. Wir haben im Keller einen nahezu unerschöpflichen Vorrat davon.«

Lukas Augen wurden größer.

»Sehr gerne.«

»Señora, entschuldigen Sie, aber …« Emilia räusperte sich.

»Oh Herzchen, du musst mich nicht Señora nennen. Mein Name

ist Cynthia. Wir haben uns leider nie kennen gelernt. Aber dein Onkel hat oft von dir erzählt und wie leid es ihm tat, dass euer Kontakt so abgebrochen ist. Aber er freut sich sicher, dich …«, sie stockte und schluchzte »zu sehen. Wenn man das so sagen kann!«

Emilia schaute Lukas an. Dann war es an der Zeit, zu beichten. »Ja sehen Sie … siehst du«, korrigierte sie sich selbst.

»Das Ding ist, und das tut mir unheimlich leid, aber«, sie versuchte die richtigen Worte zu finden und Cynthia nicht zu verletzten, »aber ich erinnere mich nicht an ihn. Also so gar nicht. Ich mein, ich soll oft hier gewesen sein in den Ferien damals als kleines Kind, aber mir sagt das hier alles nichts.«

Cynthia schaute sie mit großen fragenden Augen an.

»Du, du …erinnerst dich nicht?«

»Tut mir leid«, erwiderte Emilia und hoffte inständig auf Verständnis für die frühkindliche Vergesslichkeit.

»Aber Heinz hat immer so viel von dir erzählt und wie oft ihr in den Höhlen wart. Wie ihr zusammen im Keller gelesen und euch Abenteuerfilme angesehen habt und wie ihr abends Krebse bei den Grotten gefangen habt. Er hat mir … warte mal.« Sie stand auf und verschwand aus dem Zimmer. Es dauerte eine Weile, bis sie mit einem großen Fotoalbum aus Leder ums Eck kam.

Sie zwängte sich genau zwischen Lukas und Emilia und schlug das Buch auf ihren Oberschenkeln auf. Sie blätterte ein wenig umher, dann schnellte ihr Finger auf ein Foto, das ein kleines Mädchen und Heinz in einer aus Stühlen und Decken erbauten Höhle in einem kleinen Zimmer mit Tapeten in Waldoptik zeigte.

»Da, das bist du!«, sagte sie.

Lukas blickte auf das Foto und sah dann Emilia an.

»Jupp, das bist eindeutig du. Nur die Stirnlampe hast du mittlerweile wegoperieren lassen.«

Emilia ergriff das Album und schaute intensiv auf das Bild.

»Ja, das bin ich, aber …«

Cynthia stand auf.

»Kommt mal mit!«, forderte sie die beiden freundlich auf und hielt Emilia ihre Hand hin, welche diese ergriff und sich vom Sofa aufschwang.

Lukas nahm den letzten Schluck des mittlerweile kalten Kaffees aus der Tasse, verzog das Gesicht und folgte den Damen.

Zusammen gingen sie die enge Wendeltreppe nach unten in den Kellerbereich. Diverse Türen gingen vom langen Flur ab.

»Seht mal, hier.«, lud sie die beiden ein und drückte eine Klinke herunter, aber die Tür ließ sich nicht öffnen. »Ach, das ist die falsche. Für die kann ich einfach keinen Schlüssel finden. Wenn ich das Haus verkauft habe, muss sich der neue Besitzer durch den ganzen Plunder wühlen, den Heinz da wahrscheinlich gehortet hat.« Dann öffnete ihre Hand die Tür zum nächsten Raum. Sie schaltete das Licht ein, und vor ihnen erstrahlte ein Raum mit Wäldern an den Wänden. Überall standen Sammelstücke auf kleinen Brettern und Kommoden, die aus der ganzen Welt zu stammen schienen.

Plötzlich begann sich bei Emilia alles zu drehen. Es kam ihr vor, als würde sie durch ein Rohr blicken, und die Geräusche um sie herum wurden dumpfer. Sie suchte nach Halt, doch ihre Hand griff ins Leere, und schließlich wurde alles schwarz.

16.

Langsam öffnete sie die Augen, während Lukas noch immer auf ihre Wangen klatschte. Er kniete neben ihr und hatte ihre Beine auf seinen Schenkeln gelagert.

Als er bemerkte, dass Emilia wieder zu sich kam, streichelte er ihre mittlerweile gerötete Wange.

Emilia versuchte, zu schlucken, aber ihr Mund war so trocken, dass es weh tat.

»Hier ist das Wasser ... oh nein ... Soll ich die Ambulanz rufen?«

»Nein, sie kommt wieder zu sich! Hey Sugar. Was machst du für Sachen? Alles okay?«

Emilia versuchte noch immer, sich zu orientieren und begriff erst jetzt, dass sie auf dem kalten Kellerboden lag und in zwei Gesichter blickte.

»Oh Mann, sorry. Aber mir ist schlagartig so komisch geworden!«

»Well, no shit Darling. Das haben wir gesehen. Du hast dich ordentlich lang gemacht. Tut dir was weh?«

»Mein Kopf.«

Lukas inspizierte ihren Schädel und entdeckte eine große Beule, die aber nicht blutete.

»Na, da wirst du ein ordentliches Horn bekommen. Das sollten wir mal schnell kühlen. Ist dir schlecht oder schwindelig oder übel?«

»Nein, Dr. House. Alles wieder okay. Hilf mir mal hoch.«, sagte sie und rappelte sich auf. Sie saß vor ihm und tastete nach der Beule.

»Auuu.«

»Ja, das glaub ich. Hier, nimm mal einen Schluck Wasser.«, warf Cynthia ein und reichte ihr das Glas.

»Langsam, Baby!«, riet er seiner Freundin.

Emilia gab ihm das Glas zurück und begann aufzustehen.

»Schon okay. Geht schon wieder.«

Besorgt ging Lukas hinter ihr die Treppe hinauf und hielt sie an ihrer Hüfte fest, für den Fall, dass sie erneut zusammenklappen sollte.

Schließlich gelangten sie im Wohnzimmer an, wo Emilia sich auf Rat der Hausbesitzerin ruhig hinlegen sollte.

Als Cynthia das Zimmer verließ, packten Emilias Hände Lukas' Unterarm.

»Hier stimmt was nicht.«

Lukas schaute sie fragend an.

»Luke, mir kam es so vor, als war ich dort.«

»Du warst schon mal dort!«, bestätigte er und deutete mit den Augen auf das Fotoalbum.

»Nein … Es war, als wäre ich wieder so klein und als war ich da, und dann war da dieses Gefühl, das man hat, wenn etwas ganz Schlimmes passiert, und es war, als würde die Decke über mir einbrechen und ich bekam Panik und …«

»Baby … chill. Alles ist gut. Das war vermutlich die ganze Fahrerei und das Wetter und du hast wenig gegessen.«

»Nein Luke, es war so real. Es war … Ach shit, ich kann das nicht beschreiben. Es war, als wäre es mir damals genauso ergangen und jetzt durchlebe ich das nochmal.«

»Dass die Decke über dir einstürzt?« Er grinste sie an.

»Nein … nein, aber dieses beklemmende Gefühl. Ach, vielleicht bilde ich mir das auch ein.«

»Hast du das jetzt immer noch?«, erkundigte er sich und streichelte ihr über die schwitzige Stirn.

Cynthia betrat das Zimmer und hielt eine Packung Tiefkühlerbsen in den Händen.

»Das ist leider das Einzige, was ich auf die Schnelle gefunden habe. Hier!«, sagte sie und reichte Lukas die Packung, die er vorsichtig auf die Beule legte.

»Passt auf, ihr beiden. Ihr und vor allem du erholt euch jetzt erst mal und macht es euch gemütlich. Ich geh noch flink einkaufen, und dann zaubere ich uns was Leckeres zu Essen. Und morgen haben wir ja noch den ganzen Tag Zeit.«

Lukas nickte Cynthia zu, während Emilia in ihren Gedanken versunken da lag.

Sie wartete kurz, bis sie die Tür ins Schloss fallen hörte, dann war sie wieder voll da.

»Was, wenn sie meinen Onkel umgebracht hat?«, wandte sie sich ernst an Ihren Freund.

»Was? Spinnst du? Wie kommst du jetzt darauf?«

»Ich kenne diese Frau nicht Lukas. Wir wissen nichts über den Tod von Onkel Heinz. Den ich nebenbei bemerkt AUCH NICHT KENNE!«

»Was geht ab? Ich dachte, ich bin hier der Horrorthriller-Autor!«, sagte er und drehte die Packung Erbsen auf die andere, noch nicht angetaute Seite.

»Was, wenn das alles nur ein Trick ist und wir …« Lukas unterbrach sie.

»Em. Alles ist cool. Ich weiß, die Situation ist komisch. Und wir wissen nicht viel. Aber das auf dem Foto bist eindeutig du. Ich glaub, die Alte ist gerade etwas durch den Wind. Ich mein, sie hat jemand Wichtigen in ihrem Leben verloren, und das ist sicher nicht einfach für sie. Vielleicht muss sie das Haus verkaufen, hat sie doch gesagt. Sie macht sich sicher Unmengen Sorgen und hat den Kopf voll. Da darf man in so einer Situation nicht zu viel drauf geben.«, versuchte er Emilia zu beruhigen.

»Hast du dich mal gefragt, woher die meine Adresse haben? Ich mein, wie oft bin ich denn bitte umgezogen, bis wir zusammengekommen und dort eingezogen sind. Woher weiß die, wo ich wohne?«

Lukas suchte nach einer passenden Antwort, fand aber keine.

»Vielleicht … ach heute kannst du übers Internet irgendwelche Ahnenforschung betreiben. Vielleicht konnte sie das über die Post herausfinden. Oder hat sie die vielleicht von deiner Mama?«

»Quak. Die hatten doch gar keinen Kontakt.«

»Ich glaube nicht, dass uns eine Serienmörderin aus Portugal ausgesucht hat!«, erwiderte er witzelnd, um die Situation zu entschärfen.

»Hoffen wir mal. Ich geh erst mal eine rauchen.«, antwortete Emilia und setzte sich auf.

»Eine rauchen? Du? Hahaha … Was? Du hast ja nicht mal Kippen!« Lukas war irritiert. Ja, seine Freundin hatte früher mal auf Partys geraucht, aber das war schon eine Weile her.

Plötzlich zog Emilia eine bereits geöffnete Packung Zigaretten aus ihrer Tasche. Und Lukas fühlte sich ertappt, dass sie offenbar sein Versteck gefunden hatte.

17.

Keine Autos. Keine Sirenen. Nur das Schnarchen von Lukas war hier zu hören. Kein Big-City-Lärm, den sie gewohnt waren.

Manchmal knirschte er mit den Zähnen. Er hatte mittlerweile bereits viermal eine Zahnschiene bekommen, aber jede von ihnen war unter mysteriösen Umständen verschwunden und nie wieder aufgetaucht.

Sanft ruhten ihre Körper auf der Matratze, in der sie für kurze Zeit einen Abdruck hinterlassen würden, bis sich der Schaumstoff wieder ausgedehnt hätte.

Das Fenster stand offen, damit wenigstens ein wenig Luft zirkulierte und für Frische sorgte. Es muss ein kalter, kurzer Windzug gewesen sein, der durchs Zimmer strich, denn Lukas zog das Laken, mit dem er sich bedeckte, bis unter die Nase. Sein Schnarchen erstarb.

Als wäre es ein Weckruf gewesen, den außer ihr niemand gehört hatte, richtete Emilia sich im Bett auf. Sie warf die Beine zur rechten Seite herunter und saß einfach da. Für mehrere Minuten bewegte sich ihr Körper nicht. Wie erstarrt hockte sie da, mit den nackten Füßen auf dem flauschigen Teppich.

Schließlich begannen ihre Muskeln zu arbeiten und sie stand auf. Ihre Augen waren geöffnet, aber sie blickten in die Dunkelheit.

Zielstrebig setzte sie einen Fuß vor den anderen. Einige der Holzdielen gaben ein Geräusch von sich.

Ihr Körper schien einem Ruf zu folgen. Sie bewegte sich, als wäre es ihr Haus.

Schritt für Schritt stieg sie hinab ins Erdgeschoss.

Nur mit einem Slip und einem Shirt von Lukas bekleidet, kam sie am Ende der Treppe an. Suchend blickte sie in alle Richtungen. Sie legte leicht den Kopf in den Nacken und schien nach etwas zu riechen. Nun drehte sie ihren schlanken Körper in Richtung Wohnzimmer. Leises Knarren drang unter ihren nackten Füßen hervor.

Vor einem Buchregal blieb sie stehen. Vor ihr türmten sich mehrere hundert Bücher auf. Einige davon sehr alt, was man an dem Umschlag erkannte. Andere waren relativ neu. Es war auf den ersten Blick alles zu finden, was eine Privatbibliothek ausmachte. Einige Reiseberichte aus aller Welt. Haufenweise Krimis. Ein paar Liebesromane. Medizinische Wälzer von Anatomie bis zu Heilkräutern. Ausgewählte Biografien von bekannten Persönlichkeiten aus Sport und Politik.

Ihre Augen ... nein ... ihre Nase suchte die Reihen ab.

Ein Buch erregte ihre Aufmerksamkeit. Still stand sie davor. Minutenlang.

Wie ein dünner Stamm im Wind bewegte sich ihr Körper nur um wenige Zentimeter vor und zurück.

MIT DER ENDURANCE IM EWIGEN EIS. Von Ernest H. Shackleton. Mühsam hob sie ihren linken Arm. Fast verängstigt hielten ihre Finger inne und verharrten vor dem Buchrücken. Weitere Minuten vergingen. Ihr Zeigefinger rührte sich als erstes aus der Starre und griff nach dem Buch. Vorsichtig zog sie es heraus, sodass die anderen nebenstehenden Bücher an ihrem zugewiesenen Platz blieben.

Mit beiden Händen hielt sie es fest, und es dauerte wieder einen Moment, bis sie in ihrer Bewegung fortfuhr. Ihr Daumen griff zum Ende der Seiten und sie ließ jede einzelne an ihm vorbei fliegen, bis sie an einem Teil angekommen war, dessen Papier in der Mitte in Form eines Rechtecks ausgeschnitten war. Es waren vielleicht 30 Seiten. Inmitten dieses Grabes, umgeben von Worten, lag ein Schlüssel.

Zitternd nahmen ihre Finger den Gegenstand heraus.

Mit dem Buch in der einen, dem Schlüssel in der anderen Hand bewegte sie sich durch das Haus bis in den Keller und blieb vor der verschlossenen Tür stehen. Trotz der weißen Farbe erkannte man die Maserung des Holzes gut.

Ihre Hand hob sich. Ruckartig verschwand der Schlüssel im Schloss. Er ließ sich drehen.

Sie packte den Griff. Hielt ihn fest. Fester. Als wolle sie nicht rein, sondern als müsse sie die Tür versperrt halten, damit etwas von dort drinnen nicht nach außen dringt. Ihre Atmung wurde schneller. Erneut verharrte sie in Starre.

Als hätte jemand von oben einen Eimer Angst über sie geschüttet, drehte sie plötzlich den Schlüssel wieder zurück, verschloss die Tür und rannte nach oben. Hektisch legte sie den Schlüssel an seinen Platz in dem Buch. Sie tat dies so schnell, dass ihr das Buch aus den Händen glitt und mit einem Knall auf den Boden fiel.

Als wäre es eine kostbare Vase gewesen, schmiss sich Emilia auf die Knie. Schnell drehte sie das Buch um all seine Seiten und inspizierte jede Ecke. Sie konnte keinen Schaden erkennen.

Dann hörte sie die Geräusche aus dem oberen Stockwerk.

Hastig stand sie auf und drückte das Buch in den offenen Spalt im Regal.

Als wäre jemand kurz davor, sie bei etwas Schlimmen zu ertappen, bewegte sie sich schnell in Richtung Treppe.

Oben ging das Licht an. Sie erkannte eine Gestalt am Geländer stehen.

Schneller pumpte das Herz ihr Blut durch den Körper. Schweißperlen bildeten sich auf ihrer Haut. Sie öffnete leicht den Mund, damit sie ihre Lungen besser füllen konnte.

Es war Angst, die sich über ihren Körper ausbreitete, und als Begleiter kam das Zittern. Ihre Kehle wurde trocken und es war, als hätte ihr jemand Sand in den Mund gestopft. Jeder Versuch, zu schlucken, fühlte sich an, als würde jemand ihre Kehle mit Schleifpapier bearbeiten.

»Em?«

Auch Lukas hatte sich erschrocken, als er die Person am Fuße der Treppe erblickte, nachdem er das Licht eingeschaltet hatte.

»Em! Was machst du? Komm ins Bett!«, sagte er und war kurz davor, umzudrehen und sich wieder ins Bett zu hauen. Aber etwas ließ ihn stutzen. Er verharrte in seiner Drehung und schaute zu ihr.

»Emilia! Komm bitte hoch. Es ist sau-früh!«

Er versuchte so lässig wie möglich zu klingen, aber da schwang etwas mit, was sich nicht in Worte fassen ließ.

Erneut drehte er sich zu ihr und setzte seinen Fuß auf die erste Stufe. Dann zog er den anderen Fuß nach. Wieder ein Schritt. Langsam.

Emilia stand wie angewurzelt da. Auch wenn in ihr alles nach Flucht schrie – ihre Hand hatte das Geländer fest umgriffen. Sie hielt es so fest, dass ihre Knöchel weiß wurden.

Lukas kam näher.

»Emilia?«, fragte er verängstigt in ihre Richtung. Es machte auf ihn den Eindruck, als würde vor ihm ein wildes Tier sitzen, das jeden Moment losspringen und ihn zerfetzen könnte.

»Alles okay?«

Sie schüttelte kurz und ruckartig den Kopf. Ihre Haare flogen in alle Richtungen.

»Ich hatte nur Durst!«

Lukas kam näher. In dem Moment, als er es aussprach, schmeckte sie auch den metallischen Eisengeschmack.

»Du blutest Baby!«

Sie spürte, wie der Tropfen ihre Nase in Richtung Lippe entlang lief. Noch bevor ihr Finger rettend eingreifen konnte, klatschte ein roter Tropfen dicker Flüssigkeit auf die Treppenstufe und zerbarst in hunderte kleine Tröpfchen in alle Richtungen. Organische Splitter säumten den hölzernen Absatz.

Er nahm ihre Hand. Griff nach Daumen und Zeigefinger und drückte sie links und rechts von ihrem Nasenbein aufs Gesicht.

»Schön fest zudrücken. Ich hol was!«, befahl er und ging in die

Küche. Nur wenige Sekunden später kam er mit einer Rolle Küchenpapier wieder. Er riss ein Stück ab und hielt es ihr hin. Mit dem anderen wischte er ihr Blut von der Stufe.

»Geht's dir gut? Hast du Kopfschmerzen? Ist dir übel?«, bombardierte er sie mit Fragen.

Sie schüttelte langsam den Kopf in beide Richtungen.

»Okay. Komm wir gehen nach oben und schlafen!«

Er versuchte eher sich selbst mit dem Ratschlag zu beruhigen, und ihn ließ der Gedanke nicht los, dass sie vielleicht eine Gehirnerschütterung haben könnte.

Vielleicht sollten sie lieber heute nach der Beerdigung zu einem Arzt fahren.

Er stützte sie beim Heraufgehen, hielt sie vorsichtig am Arm und setzte sie auf die Bettkante. Dann nahm er ihr das Tuch unter der Nase weg und stellte fest, dass kein Blut mehr nachlief.

Lukas verschwand kurz im Badezimmer, man konnte hören, wie der Wasserhahn aufgedreht wurde, und wenige Sekunden später wischte er mit einem nassen Lappen das angetrocknete Blut von seinen Händen.

Als würde ein fürsorglicher Vater seine Tochter zu Bett bringen, legte er sie hin und deckte sie zu. Dann legte er sich neben sie, drehte sich zu ihr, gab ihr einen Kuss, griff nach ihrer Hand und hielt sie fest. Dann drückte er sie zweimal kurz. Sie erwiderte. Er schloss die Augen. Sie hielt ihre offen und starrte auf die Zimmertür, bis auch ihre zufielen.

18.

Noch bevor der Wecker klingelte, wurde Emilia wach. Die ersten Sonnenstrahlen kitzelten ihre Nase. Sie war ausgeschlafen, hellwach und voller Tatendrang. Und ein wenig gierig.

Sie drehte sich zu Lukas. Seine Haare standen wuselig in alle Richtungen, und aus seinem geöffneten Mund roch es nach Schlaf. Sie küsste ihn dennoch. Wie aus einem Jahrtausende währenden Schlaf erwacht, bewegte er mühselig alle Gliedmaßen, als wären sie über die Nacht eingerostet.

Er versuchte seinen ausgetrockneten Mund mit der Zunge zu befeuchten und schmatzte, während er langsam die Augen öffnete und sie ansah.

»Hey, Hübscher. Guten Morgen!«, sprach sie sanft, und ihre Hand verschwand auf Höhe seiner Taille unter der Decke.

Sie packte seinen über Nacht hart gewordenen Schwanz und drückte an ihm herum, bevor sie langsam anfing, ihre Hand an ihm auf und ab zu bewegen. Das machte sie noch wilder und beflügelte ihre Lust und Gier ins Unermessliche.

Lukas schien es zu gefallen. Er hatte sich auf den Rücken gedreht und die Augen wieder geschlossen. Seine Hand packte fest ihren Oberschenkel.

Emilia drückte ihren Mund gegen sein Ohr und flüsterte leise »Hast du Bock, dein Mädchen zu ficken?«

Allein der Hauch ihres Atems überflutete seinen Geist. Wie auf Befehl sprang er auf. Er kramte schnell in einer der Taschen nach einem Kondom. Riss es auf. Schaute, wie es richtig herum abgewickelt werden sollte und streifte es sich über. Emilia hockte mittlerweile auf allen Vieren am Rande des Bettes und streckte ihm den Hintern entgegen. Noch während er das Kondom abrollte, ging er zu ihr, kniete sich herab und begann sie zu lecken. Sie vergrub das Gesicht in der Decke vor ihr.

Lukas stand auf und stopfte seinen Penis tief in sie. Ihre Hände verkrampften sich in der Bettdecke und sie stöhnte kurz auf.

Sie vögelten. Hart. Heftig. Zwischendurch packte er ihre Haare, riss ihren Kopf zurück, küsste ihren Rücken, stieß härter zu, umfasste ihre kleinen Brüste. Schweiß rann an ihm herab. Mit jedem Stoß wurde er geiler. Er griff nach ihren Händen, legte sie auf ihre Arschbacken … sie zog sie auseinander, während er sich an ihren Handgelenken festhielt. Er wurde schneller, schneller, härter, seine Atmung stockte zwischendurch und dann blies er die angestaute Luft durch die Nase, Perlen aus Salz tropften von seiner Stirn auf ihren Hintern.

Jedes Mal, wenn er seinen Schwanz aus ihr zog, bildeten sich kleine transparente Fäden ihrer Geilheit. Und dann kam er kraftvoll. Selbst als er schon abgespritzt hatte, fickte er sie weiter, so lange es ging. Seine Eichel war so prall und gereizt, dass es fast wehtat.

Mit beiden Händen packte er ihre Kehle. Zog sie hoch zu sich. Ihr Gesicht rot und durchgeschwitzt. Kraftvoll drückte er ihr mit beiden Händen ein wenig die Luft ab. Dann küsste er sie auf die Wange, hielt ihr mit einer Hand Mund und Nase zu und schob Mittel- und Ringfinger tief in sie.

Sie ließ sich auf das Bett fallen, spreizte die Beine und er nahm dort seine Position ein, um sie zu lecken, bis sie kam. Einmal. Zweimal. Sein Bart war voll von ihrem Saft. Dann rückte er nach oben, neben sie, und befriedigte sie weitere zwei Mal mit seiner Hand, bis der Wecker klingelte und sie unterbrach.

Zufrieden und völlig außer Atem lagen sie schnaufend nebeneinander. Ihre Herzen rasten und ihre Lungen arbeiteten auf Hochtouren.

Die Sonne strahlte mitten aufs Bett. Es würde ein großartiger Tag werden. Abgesehen von der Beerdigung. Erst jetzt fragte sich

Lukas, ob die Hausbesitzerin etwas gehört hätte und wie unangenehm es wäre. Vor allem an diesem Tag. Er bekam automatisch ein schlechtes Gewissen.

»Meinst du, sie hat uns gehört?«

Erschrocken drehte Emilia den Kopf zu seiner Seite und hielt sich die Hand vor den Mund. Darunter war ein Grinsen zu erkennen. Dann zuckte sie leicht mit den Schultern.

»Wie geht's deiner Nase? Zeig mal!«

Verdutzt schaute sie ihn an.

»Meiner Nase?«

»Jaaa!«, erwiderte er irritiert.

»Was soll damit sein?«

»Hä? Du hattest Nasenbluten heute Nacht. Erinnerst du dich?«

Sie schüttelte mit dem Kopf und zwischen ihren Augenbrauen bildete sich diese kleine Zornesfalte.

Lukas setzte sich im Bett auf.

»Du warst unten in der Küche. Ich bin wach geworden, weil ich was gehört hatte, und du warst nicht da und ich hatte nach dir gerufen. Aber da kam nix, und dann wollte ich nach dir sehen und du standest unten an der Treppe und hattest Nasenbluten.«, erklärte er ihr und hoffte, dass irgendein Teil davon ihre Erinnerung zurück brachte.

Als hätte man sie eines Verbrechens angeklagt, zog Emilia den Kopf zurück und Falten überzogen ihr Gesicht. Sie griff mit den Fingern nach ihrer Nase, als könne sie noch Spuren sichern. Aber da war nichts.

»Du machst mir echt Sorgen, Baby. Du könntest eine Gehirnerschütterung haben. Oder vielleicht eine kleine Blutung. Wir sollten echt mal zum Arzt gehen. Hast du Kopfweh?«, erkundigte er sich und schaute sie besorgt an.

Wieder verneinte sie nichtssagend.

»Nicht hier zum Arzt!«, flüsterte sie kaum hörbar.

»Aber hier gibt es auch internationale Ärzte und …« Sie unterbrach ihn, indem sie seine Hand griff und zudrückte.

»Okay. Aber versprich mir, dass wenn dir irgendwie übel wird oder komisch, du mir Bescheid sagst, ja?«

Sie nickte.

Er schaute sie prüfend an und wollte nochmal eine Bestätigung, dass sie verstanden hatte, was er wollte.

»Ich verspreche es, Daddy!«

»Okay.«, sagte er lächelnd und erhob sich vom Bett.

»Ich glaub, wir müssen uns fertig machen, du dreckiges Mädchen!« Er stand bereits, das Kondom immer noch um seinen schlaffen Penis, und hielt ihr hilfsbereit die Hand entgegen.

Sie griff danach und ließ sich aufhelfen. Man spürte ihre Lustlosigkeit. Dann klappste sie ihm auf den behaarten Hintern.

Die Dusche war gefühlt unnötig gewesen, denn Lukas schwitzte anschließend genauso sehr wie davor und stand jetzt am geöffneten Fenster, um sich zu kühlen.

Emilia machte gerade noch ihre Haare, als sie von unten schon das Rufen der alten Dame hörten.

»FRÜHSTÜCK, IHR LANGSCHLÄFER!«

Und schon hörten sie, wie jemand die Treppe herauf kam. Lukas stand immer noch nackt da und suchte nun hektisch Sachen, die er sich überziehen konnte, bevor die Tante das Zimmer betrat.

Er zog gerade das Shirt herunter, als sie schon in der Tür stand.

»Habt ihr gut geschlafen?«

»Oh ja. Nur …«

Emilia unterbrach aus dem Badezimmer

»Ja, es war wirklich gut. Und wie herrlich das Wetter doch ist. Brauchst du Hilfe beim Frühstück?«

»Ach, i wo. Vielleicht fahren wir auch lieber in ein kleines Café und essen dort was. Was meint ihr?«

Lukas nickte.

»Klar, warum nicht?! Wann ist denn die …«, er hoffte sie wusste was er meinte, ohne dass er es aussprechen müsste.

»Wann wir ihn unter die Erde bringen?«, führte sie emotionslos fort.

Lukas grinste. Emilia war schockiert und starrte sie durch den Spiegel an.

»Um 12 Uhr genau. Das heißt, wir haben noch vier Stunden Zeit und der Friedhof ist ganz in der Nähe. Also lasst uns noch ein wenig ans Wasser und uns stärken und dann …«

Jetzt stockte sie.

»Bringen wir ihn unter die Erde!«, setzte Lukas fort und grinste ihr zu.

Sie schnalzte kurz mit der Zunge und rückte mit ihren Fingern ihr schwarzes Kleid zurecht, welches ihr für eine Dame ihres Alters ausgezeichnet stand, musste Lukas innerlich zugeben. Ihr Gesichtsausdruck war neutral. Dann schaute sie kurz auf den Boden. Dann wieder zu ihm. Täuschte ein Grinsen vor und sagte leise »Ja!«

»Kommt einfach gleich runter und dann fahren wir los. Ich zeige euch Olhao. Ein wunderschönes kleines Örtchen in der Nähe.«

Ohne auf eine Antwort zu warten, schritt sie voran und ging die Treppe herunter.

Mit zusammengekniffenen Lippen, den Kopf leicht schräg gelegt, sah Emilia mit weit aufgerissenen Augen zu Lukas. Er kannte den Blick. Als hätte er was falsch gemacht.

»Was?«, fragte er.

»Naja, Lukas … das war jetzt nicht so einfühlsam!«

»Hää? Sie hat doch genau dasselbe gesagt!«, rechtfertigte er sich und schob beide Arme vom Körper weg, die Handflächen nach oben.

»Ja, aber das ist was anderes!«

»Was ist denn daran anders? Weil sie es sagt? Dann ist es okay, weil es ihr Partner war, aber wenn ich …«

»Genau. Weil es ihr Partner. Ich hasse dieses Wort. War! Die haben doch eine ganz andere Bindung zu einander gehabt.«

Er zuckte mit den Schultern und gab einfach nach.

Zwanzig Minuten später saßen sie im Auto und fuhren die Küstenstraße entlang. Der Wind, der durch die offenen Fenster wehte, sorgte für ein wenig Abkühlung.

Lukas saß hinten und seine Augen waren auf das Meer zu seiner Linken fixiert.

Sie sprachen wenig während der Fahrt. Nur ab und an erklärte Cynthia etwas zu der Gegend und wie sich alles verändert hätte in den letzten paar Jahren und wie schrecklich es sei, dass so viele talentierte junge Leute Portugal verließen, wegen der hohen Arbeitslosigkeit, und das, obwohl der Tourismus so zugenommen hatte.

Die mit Löchern übersäte Hauptstraße N125 führte in das kleine Städtchen. Direkt hinter dem ersten Kreisel entdeckte Lukas plötzlich eine Art alte Villa mit einem Kirchturm. Das Gebäude war heruntergekommen, und zu allen Seiten davon ragten die hohen Wohnkomplexe empor.

Dieses alte Gebäude war vollgeknallt mit feinster Streetart.

»Cynthia, kannst du da mal anhalten, bitte!«, sagte er und zeigte durch das offene Fenster auf das Gebäude.

»Na klar!«, antwortete sie und fuhr den Wagen an den Straßenrand.

Ohne zu gucken, sprang Lukas aus dem Auto, und fast hätte der von hinten kommende Wagen ihn samt der Tür mitgerissen. Der Fahrer hupte wild und brüllte etwas, was keiner verstand.

Lukas kramte seine Kamera hervor. Wie gebannt beäugte er das Gebäude. Es sah so wild aus. Die Dachspitze war ein schwarzer Hut, den ein grimmiger Typ mit Bart trug. Eine bunt verschnörkelte Häuserfassade aus Graffiti mit so viel Liebe zum Detail. Er konnte nicht aufhören zu fotografieren. Hier das Gesicht eines jungen hübschen Mädchens. Daneben wild zusammengewürfelte Gesichter. Überall kleine Figuren. Auf der Rückseite ein alter Mann mit weißem Schnäuzer und gelber Cap. Herrlich.

Er ging um das gesamte Gebäude, um auch jeden Winkel festzuhalten.

Die Fenster waren eingeschmissen und das Dach an einigen Stellen eingebrochen, aber er hatte sich schon jetzt ein wenig in diese kleine Stadt verliebt.

Als sie weiterfuhren, entdeckten Lukas und Emilia immer wieder kleinere und größere Straßenkunstwerke. Es musste hier eine kleine, aber tolle kreative Szene geben und er wünschte, sie hätten mehr Zeit um hier alles auskundschaften zu können. Vielleicht würden sie irgendwann auf ihrer Reise erneut hierher kommen. Oder aber sie würden nochmals einen Urlaub in Portugal machen und dann mehr Zeit an diesem feinen Fleck verbringen.

Cynthia manövrierte den Wagen durch die Straßen. Hin und wieder musste sie anhalten, damit Lukas seine Bilder machen konnte. Sie schmunzelte, wenn er dann euphorisch wie ein kleines Kind von seinen Entdeckungen berichtete.

Schließlich parkte sie den Wagen.

Sie gingen offenbar durch die Altstadt. Schmale Gassen. Links und rechts von ihnen erhoben sich zweigeschossige Häuser in den buntesten Farben. Kleine Balkone verzierten das erste Stockwerk, waren aber zu schmal, als dass hier jemand stehen konnte. Manchmal hingen zwischen den Häusern gespannte farbige Girlanden über dem Gehweg. Überall standen kleine Tische und Stühle, und es duftete nach Kaffee und Süßem, dann wieder nach Fisch. Kleine Geschäfte luden dazu ein, viel mehr zu kaufen, als man brauchte. Und überall dazwischen waren Hausaufgänge zu den Wohnungen. Die Türen waren alle mit so viel Liebe zum Detail verziert. Kleine Hände als goldene Türgriffe. Lukas verschlug es die Sprache.

Er hatte nicht darauf geachtet, wie lange sie gegangen waren oder wo sie überhaupt entlang gegangen waren. Immer wieder musste er anhalten. In die Schaufenster gucken. Essen probieren, das ihm ein Kellner hinhielt, in der Hoffnung, die Touristen zur Einkehr überreden zu können. Zum Leidwesen von Cynthia und Emilia.

»Glaub mir. Das ist nicht nur hier so. Was meinst du, wie anstrengend es ist, mit ihm einkaufen zu gehen. Alles muss er angucken!«, petzte Emilia und Cynthia lachte.

»Lass ihn nur. Ist ja auch alles neu für ihn!«

»Da sagst du was. Neulich, als wir hier in einem Supermarkt

waren, habe ich ihn eine halbe Stunde nicht gesehen. Er hatte den halben Korb voll mit Sachen, die wir nicht brauchten, aber wie ein Entdecker zeigte er mir alles und war völlig aus dem Häuschen …. über Schokolade.« Jetzt lachten sie beide und Lukas kam strahlend mit vollen Wangen auf sie zu stolziert.

»Mmm.«, er versuchte zu schlucken.

»Da drüben sollten wir rein. Das schmeckt toll und der Typ ist super witzig. Ich habe kein Wort verstanden, aber …« Er schluckte herunter und zeigte auf das Lokal. In dem Moment sah er, wie der Kellner gerade mit jemand anderem lachte und es war für ihn wie ein Stich ins Herz. Er hatte doch diesen lustigen Moment mit ihm geteilt. Wie konnte dieser Kellner ihn nur so schnell ersetzen. War es nicht was Besonderes, was sie gerade hatten … Das Essen, das Lachen, wie er ihm an den Bart griff … Na gut, dann eben nicht, du Verräter.

»Ich weiß schon, wohin wir gehen. Kommt mit. Wir sind gleich da.«

Cynthia hielt Lukas ihre Hand hin, und er nahm sie, als wäre er ein kleiner Junge, der an die Hand musste, weil er sonst verloren gehen würde. Eine nette alte Dame, dachte sich Lukas. Wie schade, dass sie nun allein lebte. Aber irgendwie verkraftete sie es doch ganz gut, so schien es ihm. Oder vielleicht zumindest im Moment, weil Emilia und er nun hier waren und sie ablenkten.

Kurze Zeit später saßen sie an einem Tisch außerhalb eines kleinen Cafés. Lukas, durch diverse Proben mittlerweile fast gesättigt, hatte sich nur zwei Croissants mit Marmelade und Frischkäse bestellt. Emilia hatte sich für einen Obstsalat entschieden, Cynthia hatte ein Gebäck gewählt, das ihn an die typischen Hamburger Franzbrötchen erinnerte, dazu trank sie einen Cortado.

Lukas betrachtete den alltäglichen Tumult am Hafen. Alte Kerle mit alten Booten, deren Farbe abblätterte. Alle friemelten an Netzen herum oder luden oder entluden Kisten und Boxen in und aus den Booten. Hier ein lautes Brüllen, da ein Lachen einer Gruppe, Maschinen die ein- und ausgeschaltet wurden … Boote und Fischkutter, die ausliefen und den Tag auf dem azurblauen Wasser verbringen würden.

Plötzlich drang ein Geräusch, das gar nicht in den Kontext passte, in sein Ohr. Verwirrt drehte er sich zu den beiden Frauen und erstarrte. Emilia drückte die rote Plastikflasche Ketchup über ihrer Schale voller frischem Obst und Müsli aus. Immer wieder quetschten ihre Hände rote Pampe heraus.

Verdutzt schaute er zu Cynthia. Falls auch sie dies befremdlich fand, konnte man es ihr jedenfalls nicht anmerken. Sie griff ruhig aber beherzt nach dem Ketchup und zerrte Emilia die Flasche aus der Hand. Dann strich sie ihr mit der Hand über den Hinterkopf, durch die Haare und versuchte, sie zu beruhigen.

Emilia saß abwesend und plötzlich ihrer Handlung beraubt da. Ihre Hände zitterten. Sie wollte gerade den Löffel greifen und ihn in die Schüssel tauchen, als Lukas kräftig seine Hand auf ihre legte und herunter drückte. Ihre Muskeln waren angespannt, und Lukas musste Kraft aufbringen, dagegen zu wirken. Cynthia lehnte sich dicht an Emilias Ohr und flüsterte ihr irgendetwas zu. Streichelte ihren Kopf dabei. Schließlich blinzelte Emilia mehrfach. Es schien, als erwache sie aus einem tiefen Traum. Als müsse sie ihre Augen erst wieder an die Helligkeit gewöhnen. Sie blickte zu Lukas, der sie ohne jede Mimik ansah. Verborgen hinter der Fassade lag Fassungslosigkeit, Irritation, Besorgnis. Dann schaute Emilia auf die Schüssel vor sich und erschrak. Verzog angeekelt die Mundwinkel.

»Was ist denn das Abartiges?«

»Nichts, mein Herz.« Cynthia reagierte geistesgegenwärtig und schob die Schüssel ans Ende des Tisches. Dann bedeckte sie diese mit einer Serviette.

»Komm, ich hol dir eine neue!«

»Ich glaub, ich möchte gerne was Herzhaftes. Rührei oder so.«

Cynthia blickte zu Lukas. Schüchtern senkte er seinen Blick und zog die Schultern nach oben. Schaute zurück zu seiner Freundin. Griff ihre Hand und hielt sie fest.

Die Tante stand auf, richtete ihren Rock und ging in das Lokal, um etwas Neues zu bestellen.

Sein Blick in Emilias Augen war tief. Suchend.

»Was?«

»Geht es dir gut?«

»Ja, wieso?«

»Weil du …« Er brach ab.

»Weil ich?«

Er lehnte sich weiter zu ihr herüber, um ihr näher zu sein, und sprach leise, als dürfe es niemand mitbekommen.

»Baby, du warst gerade total abwesend und hast dir eine komplette Flasche Ketchup über deinen Obstsalat gekippt.«

Sie lehnte sich abwehrend zurück. Ließ seine Hand allein auf der Tischplatte zurück und verschränkte die Arme vor sich. Schaute ihn an, als sei er verrückt.

Als Beweis hob Lukas die Serviette hoch.

Sie wollte gerade ansetzen und sich verteidigen, aber sie schwieg. Starrte auf die Schale. Schaute zu ihm. Drehte sich zu Cynthia, die gerade am Tresen stand und mit dem Kellner dahinter sprach.

Sie schwieg weiter. Lukas legte seine Arme auf den Tisch, die Handflächen nach oben. Vorsichtig, als könne es weh tun, vertraute sie ihm ihre Hände an. Seine Daumen streichelten über ihre Haut am Handrücken.

Mit einem kleinen Tablett in den Händen schritt Cynthia aus der Tür und stellte es vor Emilia ab. Rührei, zwei Scheiben Toast, ein Stück Butter, Gurkenscheiben und drei Tomaten.

Ohne auf das Geschehene einzugehen, begann sie zu reden.

»Hier ist immer ein wildes Treiben. Vor Kurzem sind zwei Fischer umgekommen. Es gab eine riesige Zeremonie vom Dorf aus. Die Touristen kommen und gehen, aber die Gemeinschaft ist klein und stark. Hier helfen sich alle gegenseitig. Selten heutzutage. Aber so sind sie aufgewachsen – auf sich gestellt, Meister der Problemlösung. Und wenn nichts zu helfen scheint, wird eben getrunken und gefeiert, bis sich das Problem von selbst gelöst hat.«

Lukas lachte. Unbeholfen. Denn der Schreck hockte noch in ihm. Kribbelte immer noch von innen. Er versuchte normal zu wirken.

»Fischer umgekommen? Was ist denn passiert?«, hakte Lukas nach. Er liebte solche Geschichten. Schiffsunglücke, Überlebenskämpfe auf hoher See und solche Dinge.

»Das weiß ich gar nicht genau. Die trinken alle recht viel hier und vermutlich, aber das sagt keiner, waren sie betrunken und sind gekentert. Oder sie wollten von Bord aus baden und sind ertrunken.«

Lukas und Emilia nickten.

»Aber diese Gegend hat schon Schlimmeres erlebt!«

Lukas guckte sie fragend an.

»Ach ja?«

»Schrecklich. Vor einigen Jahren verschwanden hier in der Gegend immer mal wieder Leute. Erst Kinder, dann auch Erwachsene – meist Frauen. Anfangs recht viele. Fünf waren es, glaube ich. Dann gab es eine ganze Zeit Ruhe. Aber bald ging es wieder los. Man ging davon aus, dass es ein Reisender war, der hier als Tourist auftauchte und immer mal wieder mordete. Man konnte ihn nie finden, und irgendwann hörte es so schlagartig auf, wie es gekommen war.«

»Und die Leichen?«, erkundigte sich Lukas und erntete einen bösen Blick und einen Griff in den Oberschenkel.

»Schon gut, lass ihn fragen. Man weiß es nicht. Die Leiche eines Mädchen wurde mal einige Kilometer entfernt von hier an einem Strand angespült. Aber man ging nicht davon aus, dass es derselbe Mörder war. Sie hatte wohl Streit mit ihrem Freund und man hatte ihn verdächtigt, aber sie konnten ihm nichts nachweisen. Und alle anderen sind nie aufgetaucht. Man hatte sogar einige der Fischer in Verdacht. Dass sie verwickelt waren in Menschenhandel, Prostitution und solche Sachen und dass es eine Art geheime Gruppe war, die das tat. Vielleicht versenkten sie die Leichen tief draußen, während sie nach Fischen angelten.«

»Puuhh«

»Aber genug davon. Ich gehe mal bezahlen und dann müssen wir auch los. Oder wollt ihr noch was?«

»Vielleicht eine Cola für den Weg?«

Sie nickte freundlich und erhob sich von ihrem Stuhl, dann ging sie Richtung Tresen, um die Rechnung zu begleichen.

»Krass. Ein Fischerclub, der für den Tod mehrerer Menschen verantwortlich ist? Die heißen bestimmt HELENE!«, brachte er lachend hinaus und haute sich auf die Oberschenkel, übertrieb sein Lachen aber.

»Boaaah, der ist sooo schlecht!«, sagte sie, musste aber selbst schmunzeln. Allerdings eher seinetwegen, als wegen des Witzes.

»Okay ihr beiden, dann wollen wir mal!«

Eine halbe Stunde später kamen sie an einem kleinen Garten an, der sich erst auf den zweiten Blick als Friedhof entpuppte.

Cynthia führte beide zu der kleinen Kapelle. Dort stand ein Mann in schwarzem Anzug, der sie umarmte. Lukas und Emilia kamen einen Schritt dichter und er begrüßte auch sie, allerdings auf Portugiesisch. Sie reichten sich stillschweigend die Hände, lächelten aber einander zu. Der großgewachsene Mann war etwa Mitte fünfzig und hatte bereits graumeliertes Haar und einen sorgfältig gepflegten grauen Bart. Emilia vermutete, dass es ein Freund war und wunderte sich, ob sie zu früh waren, da sie sonst niemanden entdecken konnten.

Dann drehte sich der Mann um und ging in die Kapelle, während Cynthia stehen blieb und sich zu den beiden drehte.

»Das ist der Friedhofsgärtner. Er holt eben die Urne und dann können wir beginnen!«, sagte sie und rieb sich die Hände, als wäre es kalt.

Emilia blickte fragend zu Lukas. Er verstand, was sie meinte und übernahm ihre Frage.

»Ähm Cynthia, wo sind denn all die anderen? Sind wir zu früh oder zu spät?«

»Die anderen?«, fragte sie erstaunt.

»Oh Kindchen. Nein es gibt keine anderen. Nur wir drei. Naja, und der Gärtner. Ich wollte kein großes Tamtam. Das kostet alles Geld, weißt du. Dann wollen alle Gäste noch was essen oder eingeladen werden. Nein, nein. Ich denke, das hier ist der richtige Rahmen an Personen.«

Ohne den Kopf zu bewegen, blickte er rüber zu Emilia, die traurig dastand und sich die erste Träne wegwischte.

»Okay.«, sagte sie.

Lukas griff nach Cynthias Hand und hielt sie Emilia hin. Sie ergriff sie fest und ließ nicht nach, bis sie am Grab ankamen.

Vor ihnen war bereits ein Loch gegraben worden. Der Rasen drumherum war wirklich schön, und es standen auch schon ein paar Blumen bereit. Auf einem kleinen Ständer hatte jemand eine größere Schale mit Erde abgelegt. In ihr steckte eine kleine Schaufel.

Der Friedhofsgärtner ließ schweigend die Urne herab, bekreuzigte sich, trat zur Witwe, schüttelte ihre Hand, verneigte sich und verließ den Platz.

Cynthia schluckte und wischte sich Tränen von der Wange. Dann umarmte Emilia sie von hinten und hielt sie fest.

Es war nicht, dass Lukas nicht trauerte, aber er kannte die Person nicht, und er empfand es als falsch, hier mitzutrauern. Er stand da und hielt seine Augen auf das Grab gerichtet. So richtig wusste er nicht, wohin mit seinen Händen, und das beschäftigte ihn. So probierte er verschiedene Haltungen aus. Hosentasche? Auf keinen Fall. Vorne zusammengelegt? Ja, geht. Das Ganze nochmal hinter dem Rücken. Schlapp herabhängend. Oh Gott er sah aus wie ein Affe. Also doch lieber nach hinten. Nein. Vorne. Ja okay. Genug gezappelt.

Er wusste nicht, was den beiden gerade durch den Kopf ging, oder ob sie gar ein paar Worte an den Toten richteten. Sollte er das auch machen? Was sagt man denn dann? Danke für die Einladung? Tolle Gegend, in der du gewohnt hast? Was hat das Haus gekostet?

Nun löste Emilia ihren Griff, denn Cynthia wollte vortreten. Sie griff die Schaufel und schüttete die erste Ladung Erde in das Loch. Sie verharrte kurz. Man sah nur ihre Lippen sich bewegen. Dann ging sie.

Emilia tat es ihr gleich.

Und schließlich, wenn auch gefühlt unbeholfen, ließ auch sie die Erde von der Schaufel ins Grab fallen.

»So!«, sagte Cynthia.

»Das war es dann!«, und klatschte sich selbst die Hände ab, um den Dreck loszuwerden.

Jeder ging eben anders mit der Trauer um.

»Kommt Kinder. Das Leben ist zu schön, um auf dem Friedhof Trauer zu sähen. Jetzt trinken wir erst mal einen! Kommt, wir fahren nach Hause und ich koch uns etwas Kleines.«

Lukas nickte ihr lächelnd zu und trat an ihre Seite.

Emilia blieb noch kurz stehen. Dann trat sie zurück an den Ständer. Sie nahm die Schale voll Erde und schüttete den gesamten Inhalt auf die Urne. Dann stellte sie die Schale zurück, legte behutsam die Schaufel drauf und schloss sich den anderen beiden an.

Auch ihr lächelte Lukas zu. Aber das Gefühl, das ihn begleitete, war ein anderes.

19.

Lukas hatte einen dröhnenden Schädel, als er aufwachte. Es war mitten in der Nacht, und der Rotwein vom Abend zuvor hatte ihm ganz schön zugesetzt. Heute würde er es ruhiger angehen lassen.

Kurz nach dem Abendessen wollten sie eigentlich nur eine Runde Karten spielen, als eine alte Bekannte aus dem Nachbardorf hereingeschneit kam. Alvara war vielleicht ein paar Jahre älter als Cynthia und wirkte ausgesprochen lebenslustig. Es dauerte nicht lange, und der Wein floss wieder in Strömen, während Lukas eine Runde Phase 10 nach der anderen verlor. Ein Glas nach dem nächsten füllte und leerte sich. Irgendwann sprang Cynthia von der Couch und wäre dabei fast über ihre eigenen Füße gestolpert, hätte Lukas sie nicht im letzten Moment noch gegriffen und ihr Halt gegeben. In der leisen Hintergrundmusik hatte sie die »Dancing Queen« von Abba erkannt, und dieser 70-er-Partysong hatte es ihr offenbar angetan. Sie hechtete zur Anlage, drehte den Lautstärkeregler hoch und begann lauthals mitzusingen. Da hielt es auch ihre Freundin Alvara nicht mehr im Sessel – die Tanzfläche war eröffnet. Von der aufgedrehten Stimmung gepackt, stieg auch Emilia ein. Lukas schwenkte das Glas zur Musik, während er sich auf der Couch schüchtern ein Stück weiter nach hinten setzte. Auf keinen Fall wollte er tanzen. Aber hätte er eine Chance gegen drei Frauen in Partylaune? Die Frage beantwortete sich im nächsten Augenblick selbst, als ihn die Mädels nach oben zogen. Als Lukas sich nach gefühlt hundert Liedern verschwitzt auf das Sofa warf, fielen die leeren Weinflaschen im Dominoeffekt um.

Erschreckt stellte Alvara fest, wie spät es bereits war. In Windeseile verabschiedete sie sich knutschend und war bereits von der Auffahrt gedüst, als Cynthia ihren Besuchern um den Hals fiel. Sie zog sie fest an sich heran und drückte jedem einen feuchten Kuss auf die Wange.

»Is sotolldassihrdawart! Morn frühstückn wir zusamm un dann müssihr unbedingt nach SAGRES!«, rief sie das letzte Wort aus und breitete ihre Arme in die Lüfte.

»Da gibssogar n Ungeheuer …uhhhh!«

Gespielt verängstigt machte sie große Augen und hielt die Hände vor den Mund.

»Gute Nacht«, verabschiedete sie sich lallend und torkelte auf ihr Zimmer zu.

Lukas grinste in sich hinein.

Was für ein schöner Abschluss für diesen traurigen Tag es doch war.

Auch sie gingen in ihr Zimmer. Lukas haute sich auf das breite Bett. Alles begann, sich zu drehen. Er atmete tief ein und aus und versuchte einen Punkt an der Decke zu fixieren, während er die Spülung hörte und dann vernahm, dass sich Emilia die Zähne putzte. Nicht sein Ding um die Zeit. Ja, er wusste, es wäre notwendig und sonst fallen die Zähne aus und wie eklig und bla bla, aber er hatte schlichtweg keinen Elan um die Zeit, und morgens müsste er sie eh wieder putzen, also was würde das jetzt bringen.

Um sich abzulenken, schnappte er sich das Logbuch ihrer Reisen und notierte flink ein paar Gedanken.

Sie hatten direkt nach dem Kauf des Busses dieses Buch gekauft und beschlossen, alles festzuhalten. Jeden Gedanken, jeden Kilometer, jeden Trip, jedes Gefühl.

Emilia hielt ihm aus dem Badezimmer die Zahnbürste hin und Lukas versuchte, sie zu ignorieren, aber sie gewann. Also warf er das Buch zu seiner Jeans auf den Boden und trabte lustlos ans Waschbecken.

Wenige Minuten später waren sie zueinander gewandt und Händchen haltend eingeschlafen.

Lukas öffnete die Augen und schaute auf den Wecker. Es war kurz nach drei und der Platz neben ihm war leer. Erst langsam vernahm er das Geräusch von laufendem Wasser aus dem unteren Stockwerk.

Er wägte kurz ab, ob er aufstehen sollte, oder nicht, wollte nicht, fühlte sich nicht in der Lage, drehte sich um und stellte ein paar Sekunden später fest, dass er ziemlich dringend pinkeln musste und dass er gleich die Gelegenheit nutzen könnte, sich eine Kopfschmerztablette und einen Liter Wasser in den Magen zu spülen, in der Hoffnung morgens ohne Kater aufzuwachen. Schließlich wollten sie tagsüber weiter an der Küste entlangfahren und die Algarve auskundschaften.

Mit pochenden Schläfen setzte sich Lukas auf die Bettkante, musste kurz den Schwindel aussitzen und überlegte, ob kurz kotzen doch die bessere Alternative wäre.

Die Hand fest am Geländer, ging er möglichst leise die Treppe herunter. Er folgte dem Geräusch des Wassers. Es war nicht das eines Wasserhahnes, sondern das einer laufenden Dusche.

Da er sich nicht sicher war, wer dort duschte, er aber davon ausging, dass es Emilia sei, klopfte er vorsichtig und öffnete die Tür einen Spalt breit. Das ganze Badezimmer war vom heißen Wasserdampf vernebelt, der wie ein Schleier in der Luft schwebte. Nur schemenhaft nahm er dunkle Umrisse in der Wanne war.

Er näherte sich. Horrorfilmszenen schossen durch seinen Kopf. Seine Muskeln und Nervenfasern waren zum Reißen gespannt. Angst verdrängte seine Kopfschmerzen.

»Em?«, fragte er leise.

Einen Schritt dichter.

»Em?«, diesmal lauter.

Emilia hockte in der Wanne, während das heiße Wasser aus dem Duschkopf auf sie niederprasselte wie ein heftiger Sommerregen. Die Beine dicht an den Körper gezogen und mit den

Armen umschlossen hockte sie da, wie ein verängstigtes Kind, das sich schützen wollte, nachdem man es in der Fremde ausgesetzt hatte.

Ihre Lippen bewegten sich. Schnell. Ihre glasigen Augen waren auf die nassen Fliesen vor ihr fixiert.

Leise und dann lauter werdend, wie Düsen eines startenden Flugzeuges, bildete sich eine Stimme tief aus ihrem Körper; der Atem kroch an ihren Stimmritzen, die ihn erst hörbar machten, vorbei in Richtung Freiheit.

Erst konnte Lukas nichts verstehen.

Er drehte den Hahn aus. Der Strahl stoppte und das Wasser fiel nur noch tropfenweise auf den jungen, zusammengekauerten Körper.

»Aber sie kann so nicht atmen.
Sie kriegt keine Luft!
Warum machst du das?
Sie hat nichts gemacht!
HÖR AUF! HÖR AUF! LASS SIE LOS!
SIE KRIEGT KEINE LUFT!
SIE KRIEGT KEINE LUFT!«

»Emilia! Was zum Teufel?«

Lukas war außer sich. Er vernahm ihre Worte, konnte sie aber nicht deuten. Sein Herz schlug schnell und kräftig und seine Kehle verengte sich.

Jedes Schlucken schien, als würde er einen riesigen Medizinball die Speiseröhre hinunter zwängen.

Er griff ihr Kinn. Schob es nach oben.

»EM!«

Seine flache Hand klatschte geräuschvoll auf ihre Wange, die sofort rot anlief.

Emilia öffnete die Augen, drehte ihren Kopf zu ihm, schaute ihn an. Ihre Pupillen wurden enger, geblendet durch das Licht der Deckenlampe.

»Hey, alles okay mit dir?«

Sie nickte zaghaft.

Er hockte sich neben die Wanne und berührte ihre Schulter. Fast hatte er den Eindruck, als zuckte sie kurz zurück vor seiner Berührung.

»Was ist los, Darling?«

Zaghaft kamen ihre Worte.

»Ich bin aufgewacht und hatte so Durst und Kopfschmerzen und dann bin ich runter und hab was getrunken und dann hab ich übelst Unterleibschmerzen bekommen. Mir war total koddrig, und ich hab einfach das Verlangen gehabt, mich in die Wanne zu setzen und … ich brauchte das heiße Wasser.«

»Okay. Aber wie lange hockst du denn schon hier?«

»Ich weiß nicht, ein paar Minuten. Ich glaub ich bin so gegen zwei aufgewacht.«

»Baby, es ist kurz nach drei. Komm da jetzt mal raus. Ich guck mal, ob ich eine Wärmflasche finde. Geht's deinem Kopf gut?«, erkundigte er sich.

Sie nickte.

Lukas' Hände zitterten, genau wie seine Stimme.

»Ja, aber ich glaube ich bekomme meine Tage.«

»Passt ja. Bei der Tante zu Besuch!«, witzelte er und drückte mit seinen Händen ihre Schulter, um sie zum Aufstehen zu bewegen.

Die ›Tante zu Besuch‹ war ihre gemeinsame Beschreibung für die paar weiblichen Tage im Monat.

Lukas merkte, wie er allein davon schwitzte, in diesem Raum zu stehen. Er fühlte sich wie in der »Waschkök«, der Dampfsauna in der BADEBUCHT in Wedel, wo sie versuchten, so oft wie möglich zu entspannen.

Seine Hand griff unter ihren Arm, und er half ihr aufzustehen. Dann griff er eines der Handtücher und wickelte es um sie. Ein zweites, kleineres schnappte er, wuschelte damit ihre Haare trocken und versuchte es dann so zu wickeln, dass es am Kopf hielt. Schaffte er aber nicht. Es gab halt so Kniffe im Leben, die er einfach nicht konnte. Weil er es nie brauchte. Seine Geheimratsecken wurden eh immer größer – bald müsste er sich um Haare überhaupt keine Gedanken mehr machen.

»Geh hoch, Baby. Ich guck mal nach 'ner Wärmi!«

Seine Augen verfolgten, wie sie die Treppe hoch stieg, bis sie im Zimmer verschwand.

Er blickte ihr nach. Dann senkte er den Kopf, atmete tief ein und schnaufte durch die Nase aus. Seine Finger griffen nach seiner Stirn und schubberten auf der Haut umher, um auf Höhe der Augen zusammenzukommen und seinen Nasenrücken festzuhalten.

Wieder blickte er besorgt nach oben. Seine Hand strich durch seinen rötlichen Bart, während er versuchte, seine Panik einzufangen und zurück zu sperren.

Er suchte an einigen Ecken im Erdgeschoss, von denen er fest überzeugt war, wenn man eine Wärmflasche hatte, dann würde man sie dort hinlegen. War aber nicht so. Irgendwann gab er es auf und ging nach oben.

Emilia schlief bereits tief und fest, und er klebte sich an ihren heißen Körper.

Mit noch schlimmeren Kopfschmerzen als zuvor wurde Lukas von Emilia geweckt. Ihr ging es anscheinend bestens. Sie strahlte und knutschte ihn und alles was er wollte … er sprang aus dem Bett, rannte zum Klo und übergab sich. Klar, das Würgen sorgte für noch mehr Kopfschmerz, sorgte für noch mehr Übelkeit, sorgte für noch mehr Würgen … Teufelskreis. Nach ein paar Minuten war alles raus und er wischte sich mit Toilettenpapier den Mund ab. Seine Knie waren gefühlt an den Kacheln festgewachsen und schmerzten, als er sich aufrappelte.

Emilia stand im Türrahmen und beschmunzelte ihn.

»Kann der alte Mann nichts mehr ab, was?«

Lukas blickte sie an. Verwirrt. Sogar ein Stück weit eingeschüchtert, von ihrer offensichtlich guten Verfassung. Und wieder hallten ihre Worte in seinem Kopf.

»Aber sie kann so nicht atmen.
Sie kriegt keine Luft!
Warum machst du das?
Sie hat nichts gemacht!
HÖR AUF! HÖR AUF! LASS SIE LOS!
SIE KRIEGT KEINE LUFT!
SIE KRIEGT KEINE LUFT!«

Sie wartete kurz auf eine Antwort. Als keine kam, zuckte sie mit den Schultern und ließ ihn allein dort hocken.

»Ich mach uns Frühstück!« Dann verschwand sie aus dem Schlafzimmer und hopste pfeifend die Treppe herunter.

Lukas trabte langsam hinterher – nachdem er sich weitere zwei Mal übergeben hatte. Völlig fertig warf er einen Blick in die Küche, sah, wie Emilia Pancakes in der Pfanne briet, und der Geruch allein ließ ihm wieder schlecht werden.

»Ich geh mal duschen!«

Das heiße Wasser tat gut. Er liebte dieses Gefühl und verstand sofort, was Emilia gestern empfand. Immer, wenn er sich schlecht fühlte oder sein Kopf kurz vor dem Platzen war, wenn er gestresst und genervt war und ihm alles zu laut und zu viel wurde, ging er unter die schützenden und beruhigenden Wasserstrahlen.

Es gab da mal diesen Film DAS WEISSE RAUSCHEN mit dem jungen Daniel Brühl. Der war auf dem Dorf aufgewachsen und hatte seine Schwester in Berlin besucht, die dort mittlerweile studierte. Sie gingen zusammen feiern, und nachdem er irgendwelche Drogen nahm, hatte er eine Schizophrenie entwickelt. Das Einzige, was ihm half war … das Rauschen der Dusche. Es beruhigte die Stimmen in seinem Kopf und sorgte kurzzeitig für Linderung.

Aber nun hatte er genug Wasser verschwendet. Lukas trocknete sich grob ab und wickelte das Handtuch um die Hüfte. Er putzte sich die Zähne, um diesen ekelhaften Geschmack loszuwerden, und tatsächlich fühlte er sich ein wenig besser.

Er ließ sich auf den Stuhl am Tisch nieder und stützte seinen Kopf in beiden Händen ab.

Mit dem ersten Pancake bereits im Mund, stellte Emilia einen großen Teller voll vor ihnen ab. Daneben eine Schale mit frischem Obst. Der Ahornsirup stand bereit. Der Kaffeeduft breitete sich von ihren Tassen im ganzen Haus aus.

»Wollen wir nicht auf Cynthia warten?«

»Hmm.«, sie schluckte den Bissen herunter und setzte ihren Satz fort.

»Ganz vergessen. Sie hatte einen Zettel neben die Kaffeemaschine gepackt. Sie hat wohl einen total wichtigen Termin verpennt, musste früh los und kommt vor heute Abend nicht wieder. Und dass es ihr leidtut, sie uns aber eine tolle Reise wünscht und wir unbedingt nach Sagres sollen. Da gibt es ein Ungeheuer. Also dachte ich, mache ich uns Frühstück und dann flitzen wir los.«

Lukas war kurz verdutzt. Er guckte aus dem Fenster und entdeckte ihr Auto im Vorgarten.

»Aber ihr Auto ist doch hier!«, stellte er fest.

»Keine Ahnung. Vielleicht wurde sie abgeholt. Ich bin auch, glaube ich, durch ein Hupen wachgeworden und hatte dann ein Auto wegfahren hören … aber hab mir halt nichts bei gedacht, bis ich den Zettel gefunden hab.«

Sie ließ Unmengen von Ahornsirup über ihre Pancakes laufen, schnitt sich ein großes Stück heraus und stopfte es in ihren Mund.

Lukas hingegen musste sich die kleinen Bissen herunterquälen und hoffte, dass sie drinbleiben würden.

Eine halbe Stunde später spülte Emilia alles ab, während Lukas die Taschen ins Auto räumte. Ein wenig hatte er diese alte Dame ja lieb gewonnen, und er beneidete sie für dieses feine Fleckchen Erde, an dem sie hier lebte. Er konnte sich gut vorstellen, selbst hier zu wohnen. In seinem Kopf malte er sich aus, wie er alles umräumen würde, wie er welche Wände streichen und was wo dekorieren würde. Allerdings war hier wirklich keine Gegend, um zu surfen. Das war der einzige Negativpunkt. Aber er nahm diesen Platz in sein Herz auf und speicherte es irgendwo in seinem Kopf … neben Songtexten und unnützem Wissen.

Emilia stellte gerade das abgetrocknete Geschirr zurück in die Schränke und Schubladen, als Lukas sich hinter sie stellte, sie fest umarmte und ihren Hals zu küssen begann.

Grinsend verkrampfte sie und legte den Kopf auf die Seite, auf der er sie küsste, und kicherte. Er hörte nicht auf, weil er genau wusste, wie kitzelig sie dort war.

»Ahhhh … hahahaha … aufhören … NIIIICHT!«

Er war gnädig und gab nach. Dafür erntete sie noch ein paar Piekser mit den Fingern an den Rippen.

»OKAY MISTER … Wir fahren jetzt besser!«, rettete sie sich und wedelte ihm das Handtuch ins Gesicht.

»Wollen wir ihr noch eine Nachricht schreiben?«

»Klar!«, erwiderte seine Freundin, öffnete eine Schublade und zog dort einen Stift und einen kleinen Notizblock hervor.

»Hier, du Poet«, sagte sie und hielt ihm beides entgegen.

Danke Cynthia, für die schöne Zeit hier. Viel Kraft weiterhin. Wir kommen gerne wieder, wenn das Ungeheuer uns lässt.

Smiley … LUKAS & EMILIA, und darunter zeichnete er ihren Bus nach, aus dessen Auspuff Herzen kamen.

Emilia las den Zettel, schmunzelte, drückte ihm einen Kuss auf die Lippen, legte den Zettel auf den Wohnzimmertisch, und dann verließen sie das Haus Hand in Hand. Hinter ihnen fiel die Tür ins Schloss.

TEIL 4

20.

Regen. Echt jetzt?

Der Niesel fiel vom Himmel und hielt alles in einer feuchten Decke gefangen.

Ja, sie hatten schon weitaus schlimmere Trips hinter sich.

Zum Beispiel entlang der Normandieküste. Da standen sie eines Nachts an einem Friedhof, vor dem Tor eines Campingplatzes, der erst in drei Monaten wieder öffnen würde. Lukas hatte die Hoffnung, dass wenigstens am Friedhof ein öffentliches Klo war, was er morgens nach seinem Kaffeekonsum nutzen konnte. Pustekuchen. Auch dieses war geschlossen.

Das Thermometer zeigte flockige vier Grad an. Mittags.

Lukas hielt es für eine besonders gute Idee, einfach das benutzte Geschirr in die grüne Plastikschüssel zu tun, es mit aufgekochtem Wasser und Spüli einweichen zu lassen. Draußen. Über Nacht. Als er morgens aufwachte, war in der Schüssel ein einziger Eisklotz aus verschmutzten Töpfen, Besteck und Schüsseln. Eine Nudel im Bolognesemantel war schockgefroren und hätte in Jahrhunderten auf einem anderen Planeten wieder zum Leben erweckt werden können.

Oder aber ihr Trip letztes Jahr, als sie in Kroatien in ein heftiges Gewitter gekommen sind, auf diesem kleinen, eigentlich noch geschlossenen Campingplatz am Meer. Es goss aus allen Eimern, und so sehr sie auch versuchten, die Situation ins Lächerliche zu ziehen, nagten jede Böe und jeder Tropfen an Lukas' Gemüt, und seine Laune war im Keller. Hatte er sich doch so sehr auf Sonne und heiße Temperaturen gefreut. Wenigstens saßen sie im Bulli und nicht in dem fast wegwehenden Zelt, wie die anderen beiden.

Aber jetzt fuhren sie hier an der Küste entlang, ohne wirkliches Ziel.

Links von Ihnen konnte man die schroffen Felsen und das türkisblaue Wasser erkennen. Die losen Töpfe und die verstauten Konservendosen in den Fächern rumpelten bei jedem Schlagloch umher.

Aber ihr Gesang zu den Hits der 90er übertönte auch das Loch im Auspuff, das sie vorab schon mehrfach versucht hatten, von einem Bekannten schweißen zu lassen.

Immer wieder wurden sie von anderen Campern überholt oder begegneten ihnen im Gegenverkehr. Man grüßte sich und winkte mit der Faust, von der Daumen und kleiner Finger abstanden, als würde man sagen wollen, man wolle telefonieren. Hang Loose. Dabei hatten sie noch nicht mal Surfbretter dabei, anders als 99% der anderen Campingbusse. Dafür hatten sie Günter Kastenfrosch als Plüschtier, der in seinem eigenen, rotzfrechen Charakter alles kommentieren musste … mit der Stimme von Lukas oder Emilia.

Er konnte auch tanzen – auf dem Armaturenbrett. Wie jeder Vorbeifahrende unschwer erkennen konnte. Hauptsache, die Krone verrutschte nicht.

Heute Abend würde Lukas lesen. Ja, fest vorgenommen und eingetragen in den gedanklichen Terminplaner. In seinem Kopf ging er durch, worauf er Lust hätte. Da lag noch das Buch über Thomas Cook. Eine ältere, aber ungelesene Ausgabe der CRIME. Das Buch über einen Typen, der 438 Tage in einem kleinen Boot auf dem Pazifik umher trieb und auf Rettung hoffte. Oder sollte er doch mal wieder ein Fachbuch zur Hand nehmen und was lernen? Oder … genau, eine Sprache lernen. Er hatte ja noch den Sprachguide mit und …. okay, doch lieber 'nen Krimi.

»Was wollen wir denn heute Abend essen?«, warf Emilia im Gitarrensolo ein.

Schulterzucken. Grübeln.

»Haloumi-Burger!«

Augenverdrehen.

»Oh, ey … mal was Gesundes bitte!«

»Haloumi-Bagel mit Kresse?«

Faltenlandschaft zwischen den Augenbrauen.

Zusammengekniffenes, genervtes Augenpaar.

»Curry?«

Ein irgendwie nicht so überzeugter Ausdruck überzieht ihr Gesicht. Aber immerhin kein direkter Konter. Könnte also was werden. Ist halt auch easy. Einfach haufenweise Gemüse in die Pfanne. Ablöschen mit Kokosmilch. Rotes Curry dazu. Reis kochen. Alles zusammen vermischen. Fertig. Günstig und einfach und einigermaßen schnell, aber vor allem schmackhaft und sättigend.

»Ja okay. Aber dann auf 'nen Campingplatz, damit wir den ganzen Kram richtig abwaschen können.«, fügte sie hinzu.

»Check. Aber lass mal nur noch so 'ne halbe Stunde oder so fahren. Ich hab Bock auf Lesen und Schmusen!«

Ihre Hand löste sich von ihrem Oberschenkel und legte sich sanft in seinen Nacken. Es fühlte sich gut an, wie ihre Finger so durch sein Haar wuselten.

»Ich such mal was raus!« Während ihre Hand wieder aus dem Nacken verschwand und nach dem Handy griff, verschwand Lukas' Finger in einem seiner Nasenlöcher.

»DAS IST SO EKLIG LUKAS! DU BIST ECHT 'N SCHWEIN MANCHMAL!«

Ertappt zog er den Finger raus und rechtfertigte sich.

»Ich hab da 'ne Stelle!«

»Hmm genau. Zeig mal deinen Finger!«

Gott sei Dank, nix dran.

Rechthaberisch schaute er sie an.

Wieder klatschte ein dicker Brummer oder dergleichen gegen die Windschutzscheibe.

Lukas fragte sich, ob das Suizid war. Oder missglückte Mutproben.

Einige Minuten später hatte Emilia einen kleinen Campingplatz gefunden, mit guten Bewertungen. Ein kleiner, naturbelassener Platz, etwas weiter im Inland.

Sie navigierte Lukas über die kleinen Straßen und Feldwege, Hügel hinauf und wieder hinab. Weiter weg vom Meer. Die Bäume wurden nadeliger. Die üblichen Bars und Cafés an der Touristrecke wurden weniger und waren irgendwann weg. Hin und wieder war ein kleiner Tisch am Weg aufgebaut. In der Nähe ein Auto, in dem Mutti oder Papa auf Kundschaft warteten, die ihnen den selbstgemachten Käse, das Olivenöl oder etwas Obst abkauften.

Schließlich standen sie vor dem Tor und dem umzäunten Areal. Eine winzige Hütte mit heruntergelassenen Läden rechts von der Einfahrt.

Auf dem Platz unter den Bäumen standen verstreut Fahrzeuge. Nicht viele. Lukas überschlug und kam auf vielleicht 20.

Zögernd fuhr er den Pfad entlang, und seine Augen suchten das Sanitärgebäude. Emilia zeigte auf etwas zwischen den Stämmen, und Lukas manövrierte den Wagen zu einer Parklücke mit einem Stromkasten in der Nähe.

Sein Arsch war eingeschlafen. Als er den Motor abgestellt hatte und ausgestiegen war, fühlte es sich an, als habe sein Hintern einen Schlaganfall. Es kribbelte, und er knetete die Backen, um die Durchblutung zu fördern.

Sein Rücken knackte, als er sich streckte und dehnte.

Tief atmete er die frische Luft durch seine Nase und schloss dabei seine Augen. Er füllte jede Alveole prallvoll und atmete dann tief aus. Wieder und wieder. Es tat seiner Seele gut und er war froh, dass es Emilia anscheinend auch gut ging.

»Pssch ... Lukas!«, lockte sie ihn mit leiser Stimme.

Er hörte sie, aber konnte sie nicht sehen, ging einfach der Stimme nach und entdeckte Emilia auf der anderen Seite des Wagens. Sie hockte da und streichelte eine Katze.

Eine süße kleine, aber drahtige, rotweiße Katze, der die Streicheleinheit zu gefielen schienen. Sie schnurrte und streckte den Kopf in die Höhe, als ihr das Kinn gekrault wurde. Ihre Schnurrhaare waren leicht nach vorne gerichtet, und es sah aus, als mache sie eine Schnute der Begeisterung.

Er wäre gerne dazu gestoßen, hatte aber Angst, dass die Katze dann erschrecken und abhauen würde.

Langsam zog er sein Handy aus der Hosentasche und wählte vom Sperrbildschirm den Kameramodus. Er knipste ein paar Bilder aus verschiedenen Winkeln und ließ das Smartphone wieder in der Tasche versinken.

Die Katze schien Lukas entdeckt zu haben, hob den Schwanz in die Höhe und bewegte sich grazil in seine Richtung.

»Hey, du!« Ohne zu zögern begann er, sie zu streicheln.

»Ey, du Verräter!«, rief ihm Emilia hinterher und machte auf beleidigt. Sie verschränkte die Arme vor der Brust.

Aber sie hielt es nicht lange aus. Ja insgeheim fühlte es sich Minevra gegenüber wie Betrügen an. Aber ihre geliebte Mitbewohnerin musste sich ja keine Sorgen machen, für eine andere Katze verlassen zu werden.

Vorsichtig gesellte sich also Emilia wieder zu den beiden und strich über das leicht nasse Fell. Die Katze schlängelte um ihre Beine, hüpfte immer wieder leicht hoch und war charmant bis in die Tatzen.

Lukas stand aufrecht und fütterte die Katze mit den reibenden Fingern seiner Hand an. Die Katze ließ sich nicht zweimal bitten und sprang hoch, krallte sich mit den Hinterpfoten in der Jeans fest und suchte mit den Vorderpfoten nach Halt. Lukas griff ihr unter die Arme und hob sie hoch. Dann lief sie an seinem Arm entlang zu seinen Schultern und legte sich um seinen Nacken, wie ein Schal. Entspannt ließ die Katze alle viere runterhängen und schnupperte an Lukas' Ohr, der vor lauter Kitzeln lauthals lachen musste. Dann knabberte sie ein wenig an seinem Ohrläppchen, als wäre es ein Leckerli, und Lukas versuchte, sie davon abzuhalten, indem er seinen Kopf hin und her bewegte, was der Katze gar nicht zu gefallen schien.

Sie drückte ihre Pfoten samt Krallen in seine Haut und er verzog das Gesicht vor Schmerz, aber noch war es auszuhalten. Dann saß sie wie der Papagei eines Piraten auf seiner Schulter und er konnte sich gut vorstellen, den Rest ihres Urlaubs genau so zu verbringen.

Majestätisch hockte sie da und genoss nun wieder Emilias Streicheleinheiten, bis es ihr genug war und sie nach ihrer Hand schnappte. Emilia hingegen packte ihren Kopf, hielt ihn mit ihrer Hand umschlossen und schwenkte ihn vorsichtig hin und her. Die Rebellion ließ nicht lange auf sich warten und einige der Krallen bohrten sich tief ins Fleisch ihrer Hand. In einem Satz aus Wut sprang die Katze von Lukas' Schulter, nicht ohne auch ihm weh zu tun, und rannte, wie von der Tarantel gestochen, in Richtung der Bäume. Emilia hielt sich die Hand; die winzigen Stellen hatten sofort zu bluten begonnen.

Lukas öffnete schnell die Schiebetür des Bullis und kramte in den Schränken herum. Dann kam er mit einem Küchenpapier und Desinfektionsmittel zurück. Er tupfte vorsichtig die Stellen ab und guckte Emilia an.

»Das tut jetzt …«, und noch bevor er zu Ende sprach, sprühte er das Mittel auf ihre Hand. Es dauerte einige Sekunden, dann sprang sie auf der Stelle hin und her und fluchte und wedelte mit ihrer Hand, als könnte sie auf diese Weise das Brennen abschütteln.

Aus der Entfernung beobachtete die Katze das Ganze und putzte sich das Fell.

Lukas sah sie und zeigte mit dem Finger auf sie.

Emilia brauchte eine Weile, um sie bei der alten hölzernen Baracke, die wohl die Sanitäreinrichtung sein sollte, zu entdecken und warf ihr ein paar Flüche entgegen, die sie schon beim Aussprechen bereute. Sie musste selbst darüber lachen.

»Na warte nur, du kleines, garstiges Biest!«, sagte sie halb schmunzelnd.

»Ach komm, wenn sie jetzt kommen würde, würdest du sie wieder schmusen! Du bist 'ne Cat-Lady!«, wusste Lukas ganz genau, und er verstaute das Desinfektionsmittel wieder in dem kleinen Schrank über dem Beifahrersitz.

Dann zog er seine Schuhe aus und ließ sich auf das Bett fallen.

»Komm mal hierher zum Schmusen!«, forderte er sie auf, während er an die Fensterseite rutschte.

»Später. Ich will erst noch mal aufs Klo!«

Lukas bekam nicht mit, wie lange sie weg war und machte sich auch wenig Sorgen. In seinem Handy durchstöberte er die letzten Rezensionen auf dem Buchblog von „Paperwoods".

»Wir sind jetzt wieder Freunde«, gab Emilia bekannt, als sie in den Bus stieg und ihre Jacke auf den Fahrersitz warf.

»Ach ja«, erwiderte er, ohne vom Display aufzuschauen.

»Ja. Sie war nur irritiert. Wir haben vereinbart, dass sie heute Nacht bei uns schlafen darf!«

Er senkte das Telefon und sah sie skeptisch an.

»JA. Sie kommt gegen neun vorbei und bleibt dann bei uns. Sie kann hier auf der Decke liegen, dann muss sie nicht draußen im Nassen hocken!«

»Klar. Bin mal gespannt, ob sie sich an die Verabredung erinnert.«

Dann kroch sie zu ihm und begann ihn zu küssen. Irgendwann verschwand ihre Hand in seiner Hose, und aus dem Knutschen wurde mehr. Bis sie erschöpft nebeneinander lagen und Lukas so fertig war, dass er die Augen schließen musste. Von hinten hielt er sie fest umschlungen, und auch Emilia schlief ein paar Augenblicke später ein.

Tatsächlich war es ein Mauzen, das Emilia weckte. Mittlerweile war es fast komplett dunkel geworden. Irritiert schaute sie auf die Uhr. Fuck, schon nach 22 Uhr. Wie lange hatten sie denn bitte geschlafen?

Wieder ein Mauzen.

Emilia schaute nach draußen, und fast wäre ihr Herz in der Brust zerplatzt vor lauter Niedlichkeit. Denn da saß, wie verabredet, Luna Lovegood und schleckte sich das Maul.

Die Tür an der Seite war noch nicht mal ganz geöffnet, da war die Katze auch schon drinnen und sprang auf das Bett. Sie kroch hoch zu Lukas.

Emilia sagte seinen Namen und wuschelte ihm durch die Haare.

Er wachte auf, war völlig zerknittert und erschrak, als er die Katze dort sitzen sah.

»Wie verabredet«, sagte sie und streichelte den neuen Gast.

»Hää? Hast du sie geholt?«

»Nein, die saß hier. Vor dem Bus. Eben gerade!«

»Wie spät ist denn das bitte? Das ist ja voll dunkel!«

»Ja, frag mal. Lass uns was zu essen machen.«, befahl sie förmlich.

Lukas mochte diesen herrischen Ton nicht an ihr.

Dieses Kommandierende. Er fühlte sich dann immer wie ein Untergebener oder Diener. Nicht, dass er das nicht machen wollte. Aber er wollte die Dinge machen, wann er es wollte und wie er es wollte. Sie forderte ihn oft, und dann reagierte er zickig, was sie wiederum nicht verstand.

Luna hatte es sich nun auf dem Fahrersitz gemütlich gemacht und putzte sich, während Emilia und Lukas das Gemüse schälten und Knoblauch und Zwiebeln schnitten. Die Hitze vom Kochen ließ die Scheiben von innen beschlagen, und Lukas schwitzte.

»Setz dich doch mal hin«, empfahl sie.

»Is doch klar, dass es da oben super heiß ist.«

Da war es wieder. Besserwisserin.

»Ich geb dir 50 Euro, wenn du die Zunge rausstreckst und ich die mit Sriracha Sauce vollmachen kann und du musst sie dann schlucken!«

»Okay!«, sagte sie und streckte die Zunge heraus.

Er hätte nicht gedacht, dass sie es tatsächlich machen würde, weil sie ein Pienzchen war, wenn es um Schärfe ging. Also gut. Die scharfe rote, cremige Sauce verteilte sich auf ihrer Zunge und lief an der Seite fast herunter. Dann schluckte sie. Völlig schmerzbefreit und ohne Reaktion grinste sie ihn an und hielt ihre Hand hin.

»Waaaaas? Wie jetzt? No way!«

»Wette ist Wette!«, konnte sie gerade noch herausbringen, dann begann sie nach Luft zu japsen und zu husten. Ihr Gesicht verfärbte sich rot wie ein Granatapfel und sie fächerte sich Luft zu. Tränen quollen an ihren Wangen herab, und sie suchte nach irgendetwas, um den Schmerz in ihrer Kehle zu stillen. Schließlich griff sie nach einer Packung Reiswaffeln, riss die Plastikfolie auf und stopfte sich unter dem Gelächter ihres Freundes die runden Scheiben in den Mund.

»Her« Husten »mit der« Rülpsen, Husten »Kohle!«, forderte sie ein und hielt gierig ihre Hand hin.

»Hab ich jetzt nicht.«, gab er zu und versuchte, sein Lachen unter Kontrolle zu bekommen, während die Krümel der Waffeln wie Schnee auf den Boden rieselten.

Halbwegs unbeschadet verschlang Emilia das Abendessen. Lukas hingegen hatte nicht so richtig Hunger. Er aß, aber sein Kopf dröhnte. Vermutlich hatte er den Tag über zu wenig getrunken. Und das schlug sich bei ihm schnell in Übelkeit nieder. Er war noch nicht mit seiner ersten Portion fertig, als sich Emilia den Rest aus der Pfanne in ihre Schale füllte und einen ungläubigen Blick erntete. Als würde sie die kommenden Tage nichts zu essen bekommen, schaufelte sie schnell Brokkoli, Süßkartoffeln und grüne Bohnen in sich hinein.

Lukas kraulte die Katze neben sich. Reglos genoss sie die Liebe und schnurrte vor sich her. Ihre Atmung ging flach und langsam. Ab und an zuckten die Pfoten, als würde sie im Traum vor etwas davon rennen.

»Oh Gott ist mir schlecht!«, brachte Emilia mit vollgestopftem Mund hervor und ließ sich rücklings auf die Decke fallen. Ihre Hände platzierten sich über ihrem Magen.

Lukas stand auf. Luna streckte sich kurz, gähnte und schloss dann wieder die Augen.

Er setzte sich zu seiner Freundin. Vorsichtig strichen seine Finger ihre Haare aus dem Gesicht. Dann küsste er sie liebevoll auf die Stirn. Dann auf den Mund.

»Oh bitte nicht. Sonst kotz ich!« Sie drückte ihn von sich, um sich aufzusetzen.

»Sehr nett!«, entgegnete er und nahm es leicht persönlich.

»Wann warst du eigentlich das letzte Mal duschen?«, erkundigte sie sich und roch an seinem Pulli im Bereich der Achseln.

»Puuuh«, machte sie und winkte die Hand hin und her.

»Sehr männlich!"«

»Eyyy …«, er roch selbst und musste zugeben, dass sie nicht Unrecht hatte.

»Morgen Früh!« sagte er und wollte sie auf das Bett zurück werfen.

»NIX DA Stinker! Ab mit Dir!«

»JETZT?«

»JETZT!«

Er schaute nach draußen.

»Es ist dunkel. Und nass. Und kalt!«, argumentierte er.

Sie zog ihr Shirt hoch, und ihre kleinen nackten Brüste kamen zum Vorschein.

»Falls du mich diesen Urlaub nochmal ficken willst, gehst du jetzt besser duschen!«

Lukas sprang auf, stieg auf die Ecke der Liegefläche, auf der Emilia saß, wedelte mit seinem Schritt vor ihrem Gesicht und kramte in seinem Rucksack, der im oberen Fach des Alkoven lag. Sie schnipste gegen den Teil, von dem sie ausging, dass es sein Penis wäre, und traf. Er wollte sich zusammenkrümmen, schlug sich aber den Kopf an dem ausgeklappten Holz, und Emilia begann so laut zu lachen, dass die Katze erschrak und sich streckte.

Seine Hände hielten sein Ding und er jammerte, und tatsächlich war ihm ein wenig mulmig. Es war dieses Gefühl, wenn man eins in die Eier bekam. Das konnte man nicht beschreiben.

Er hüpfte vom Bett. Hatte das Handtuch über seine Schulter geworfen und kramte nun im Schrank nach Shampoo und Seife. Dann packte er noch flink eine neue Unterhose in den Jutebeutel, verstaute alles, griff nach seinen Badelatschen und verließ den Bus.

Emilia musste immer noch lachen, als sie sah, wie er über den Platz ging.

Dann rückte sie leicht nach vorne und begann, Luna zu kraulen.

»Dich würde ich ja zu gerne mitnehmen!«

Ihre Finger griffen fest in den Nacken der Katze. Sie zog sie hoch und hielt sie vor sich, als würde sie ihre nächste Mahlzeit begutachten.

Luna mauzte und fuchtelte mit ihren Pfoten. Offensichtlich fand sie es gar nicht toll, so gehalten zu werden.

Ruckartig drückte Emilia ihre Nase an das Fell der Katze.

»Puhhh, du solltest auch mal wieder baden gehen, Herzchen!«

Dann löste sie ihren Griff und die Katze legte sich wieder auf dem Sitz nieder.

Lukas betrat das Gebäude und erschrak, als sein Gesicht ein Spinnennetz berührte. Er schrubbelte durch die Haare und durch sein Gesicht und machte Kung-Fu-Bewegungen.

Keine Lichtschranke für das Oberlicht. Seine Finger tappten umher, und er versuchte so gut es ging, das Restlicht von draußen zu nutzen. Er ertastete einen Schalter, legte ihn um, und das Licht begann aufzuflackern.

Jeder seiner Schritte hallte in dem großen Gebäude. Bis unters Dach waren es locker sechs Meter. Als begeisterter Horrorfilmgucker öffnete er vorsichtig mit einem kleinen Schubs jede der Türen.

Nachdem er den Raum durchquert hatte und nicht immer leere Toiletten vorfand, machte er sich an die Duschkabinen. Er kniete sich auf den Boden und linste in jede einzelne, ob er Füße entdecken konnte.

Nichts.

Der Part in seinem Kopf, der für Entscheidungen zuständig war, tat seinen Job und entschied sich für die Tür in der Mitte der Reihe.

Es war kühl, und eine Gänsehaut breitete sich auf seinem Körper aus.

Nackt stand er unter dem Duschkopf, der erst kalt kleckerte und dann doch so eine Art Strahl warmen Wassers über ihn ergoss. Entspannend und gemütlich war was anderes.

Wenige Minuten später hatte er Shampoo und Seife von seinem Körper gewaschen. Kurz war ihm sogar die Idee gekommen, ob er sich nicht noch einen runterholen sollte, entschied sich aber, in der Hoffnung auf richtigen Sex, dagegen.

Er drehte den Regler, dann tropfte es nur noch aus dem mit Kalk überzogenen Duschkopf und das Wasser verschwand auf Nimmerwiedersehen im Abfluss.

Schnell rieb er sich trocken und dachte dabei kurz über seine Idee nach, einen Service für Konzertbesucher anzubieten, wo Leute bereits vor Ende des Konzertes deren Jacken abholen würden, sodass man nicht dermaßen lange in der Schlange warten müsste, als plötzlich das Licht ausging.

»Echt jetzt?«, dachte er, als er Schritte hörte. Männliche Schritte.

Ruhig bleiben.

Sollte er auf sich aufmerksam machen?

Oder still bleiben?

Er verharrte in seiner Position und versuchte, Informationen aus den Geräuschen zu bekommen.

Sein Kopf ging diverse Rettungs-, Flucht- und Gegenangriffszenarien durch.

Warten, bis die Tür aufgestoßen wurde, Handtuch ins Gesicht werfen ... oder Latschen ... Gegner in die Dusche ziehen, Duschschlauch um seinen Hals wickeln, stramm ziehen ... gegebenenfalls mit dem Duschkopf auf ihn einschlagen ... Shampoo in die Augen ... vielleicht erst mal auf die kleine Bank steigen für den Fall, dass der Angreifer den Boden nach Füßen absuchen würde.

Das Licht ging an.

Keine Entwarnung.

Die Dusche gluckste und machte laute Geräusche.

Pssss …Maul halten verdammte Dusche … du verrätst uns noch.

Dann flog eine Tür auf.

Wieder Schritte.

Die nächste Tür wurde aufgestoßen.

Ein Gürtel der geöffnet wurde und dann ein langer … unheimlich langer Furz.

Man hörte quasi das Flattern des Schließmuskels.

Seine Muskeln entspannten sich. Aber sein Kopf ratterte immer noch. Er sollte mal einen Selbstverteidigungskurs machen.

Die Klamotten schnell übergeworfen, rannte er förmlich in Richtung Bus.

Überlegte kurz, ob er sie erschrecken sollte, aber verkniff es sich.

Dann riss er die Tür auf und huschte unter die Decke, wo Emilia schon lag und in einem ihrer Fantasyromane las.

Sollte er ihr davon erzählen, oder würde er ihr damit nur Angst machen?

Obwohl er noch gar nicht müde war, machte Em sich plötzlich schlafbereit. Sie legte ihr Buch beiseite, zog die Decke ein Stück höher, drehte sich zu ihm, schloss die Augen und griff mit der einen Hand nach seinem Gesicht, während die andere den Schalter der Lichterkette umlegte. Von einer Sekunde auf die andere wurde der gemütliche Bus von Dunkelheit einfach verschluckt.

»Ey, ich bin noch gar nicht müde!«

Sie küsste ihn und brachte ihn zum Schweigen.

Fuck, er hätte sich einen runterholen sollen.

Er grübelte noch eine Weile über unnützes Zeug, bis auch seine Lider schwer wurden und er einschlief.

Er wurde nur kurz wach, als ein kalter Hauch über ihn hinweg strich, drehte sich um und verkroch sich weiter unter die Decke.

Wie das aufflackernde Licht der Duscheinrichtung öffneten sich seine Augen. Es wurde langsam hell und er merkte, dass er dringend ein Ei legen müsste.

Krampfhaft versuchte er dagegen anzukämpfen und drehte

sich zu Em. Umarmte sie. Drehte sich wieder um. Versuchte wieder einzuschlafen. War aber zu wach, zu aufmerksam – und gab schließlich nach.

Genervt über seinen Körper wühlte er sich aus der Decke und stieg in seine Schuhe, öffnete so leise es ging die Tür und stieg aus dem Bus. Er streckte sich und roch den frischen morgendlichen Wald Portugals. Überall zwitscherten Vögel und planten vermutlich ihren Tag.

Seine Füße wanderten auf abgefallenem Laub und Nadeln. Hin und wieder knackte ein Zweig unter seinem Gewicht. Sein Nacken schmerzte. Bestimmt falsch gelegen.

Je dichter er den Klos kam, desto mehr hatte er das Gefühl, laufendes Wasser zu hören. Vor ihm lag noch alles in endender Nacht. Das Geräusch wurde lauter. Wie ein laufender Wasserhahn.

Vor der Tür zu den Klos angekommen, überlegte er, ob er dem Geräusch folgen sollte … öffnete die Tür, schaltete das Licht drinnen ein und stellte fest, das Geräusch kam nicht von hier. Vielleicht von den Mädels auf der anderen Seite. Es ließ ihn nicht ganz los, und so machte er einen Schritt zurück und ging rechts um das Gebäude herum. Und tatsächlich. Da war in dem Bereich zum Geschirrspülen ein laufender Hahn; das Wasser quoll bereits über das Becken und schlug wasserfallartig auf dem gefliesten Boden auf, um dann in der Abflussrinne zu verschwinden.

Lukas trat näher und schon jetzt verkrampfte sich unterbewusst sein Magen. Da entdeckten seine Augen, dass etwas in dem Waschbecken lag. Etwas haariges. Rothaarig. Klein. Mit Schwanz und Pfoten.

Er drehte den Hahn zu und griff das durchnässte Wesen. Schüttelte es. Ihm war kotzübel. Trotzdem nahm er die Schnauze in seinen Mund und blies zweimal kräftig hinein. Dann drückten seine Hände auf den kleinen Brustkorb und er hoffte so inständig, dass er dem Tier wieder Leben einhauchen würde. Er achtete nicht auf die Zeit, die verging. Er wollte und konnte nicht aufhören. Wieder und wieder löste er seine Kompressionen mit Beatmungen ab, bis er schließlich einsah, dass es keine Chance gab.

Die Augen der Katze waren bereits entrundet, doch selbst jetzt sah sie noch so süß aus.

Er nahm sie in den Arm. Streichelte über ihr triefendes Fell und ging mit ihr in Richtung des Waldes.

Seine Finger verschwanden im dreckigen Boden und gruben. Sie gruben solange und hoben den Sand heraus, bis er der Meinung war, das Loch wäre groß genug.

Dann legte er Luna hinein. Ein letztes Mal kraulte er ihr den Kopf. Dann schob er von beiden Seiten die Erde in das Loch, und mit jeder Bewegung war weniger von der Katze zu sehen. Es entstand ein kleiner Hügel. Lukas tropften die Tränen herunter, als er mit seinem Zeigefinger einen Halbmond in den Sand malte. Dann bedeckte er alles mit Laub.

Unendlich traurig und wie in Trance betrat er die Sanitäreinrichtung und hielt seine Hände unter den Wasserhahn. So sehr er auch schrubbte, der Dreck war wie ein stiller Zeuge und wollte nicht verschwinden. Lukas schaute in den Spiegel vor sich. Er musste jetzt ein guter Schauspieler sein.

Er ging zurück zu dem Bus. Stoppte. Stand einfach nur da. Guckte nach oben und sah noch den Mond. Sein Kopf versuchte zu sortieren. Zu begreifen, wer so etwas tun könnte und warum. Und wie er es Em sagen sollte, oder ob überhaupt. Aber er wusste, wenn sie ihn auf die Katze ansprechen würde, könnte er sich nicht zusammenreißen. Er war kein gefühlskalter Kerl, den so etwas nicht berührte. Er würde wie ein Schlosshund in Tränen ausbrechen, und das wollte er ihr nicht antun.

Eine rauchen. Das würde ihm jetzt gut tun. Das brauchte er jetzt.

Er öffnete die Tür, griff seine Kippen, schnappte sich das Feuerzeug und setzte sich nach draußen.

Tief inhalierte er den giftigen Rauch und blies ihn wieder in die Atmosphäre. Er zog so schnell an dem Stängel, dass sich alles zu drehen begann.

Em steckte ihren Kopf aus der Tür und rieb sich den Schlaf aus den Augen.

»Was machst du denn da?«

Er antwortete nicht.

»Lukas?«

Keine Reaktion.

»Hey, was' los? Wieso rauchst du?«

Bock drauf. Schmeckt mir. Meine Lunge. Alles Aussagen, die er hätte bringen können.

Aber dann winkte er ab und begann zu weinen.

Irritiert stieg Emilia aus und kam barfuß zu ihm herüber.

»Eyy …was ist los?« Sie hatte sich vor ihn gekniet, nahm seinen Kopf in beide Hände und starrte ihn an, nach Antworten bettelnd.

Lukas wollte was sagen, aber wusste nicht wie und wo er anfangen sollte. Stattdessen wischte er seinen Handrücken unter der Nase entlang und hinterließ eine schleimige Spur, wie eine Nacktschnecke auf dem Asphalt.

Seine Mundwinkel verzogen sich nach unten und er brachte kaum hörbar heraus, was passiert war.

Er erwartete jetzt … Ja was genau hatte er eigentlich erwartet … gemeinsames Heulen, Planung einer Trauerfeier mit allen anderen Campern? Doch Emilia reagierte komplett anders als alles, was er sich in seinem Kopf hätte ausmalen können.

»Ach die Kleine. Schade drum!«, dann stand sie auf, nahm ihm die Zigarette aus der Hand, nahm einen tiefen Zug, gab sie ihm wieder und ging zurück in Richtung Bus.

Fassungslos schaute er ihr hinterher.

Hin- und hergerissen, ob er eine Diskussion über ihre aktuelle Gefühlsbehinderung losbrechen sollte, oder er es doch ganz gut finden sollte, dass sie es so leicht nahm … viel zu leicht. Viel zu leicht für eine Cat-Lady, die ihre Minevra schon nach sechs Stunden Arbeit vermisste.

»Lass uns nachher an den Strand fahren und baden okay?«, rief sie ihm aus dem Bus zu.

Auch wenn er auf rein gar nichts Lust hatte, war das vermutlich die beste Idee, um Abstand zu bekommen. Er versuchte seinen Kopf darauf zu programmieren, dass er die Katze genauso wenig kannte, wie die Patienten, zu denen er gerufen wurde, und dort machte es ihm schließlich auch nichts aus. Er musste das Ganze vergessen. Einfach ausblenden. Ab in die Truhe und weg damit. Tief in den Keller, in die hinterletzte Ecke.

Er drückte den Glimmstängel in die feuchte Erde und stand auf. Küsste Emilia. Dann rollte er das Stromkabel ein, verstaute es im Kofferraum, nahm auf dem Fahrersitz Platz, löste die Handbremse, glühte den Wagen vor und fuhr los. Ohne auch nur einen Teller zu spülen.

21.

»Komm schon, du Schisser!«, rief sie von der Spitze des Felsens.

Lukas war etwas kurzatmig, verursacht durch das Wettschwimmen. Und seine Füße taten weh von dem scharfkantigen Gestein. Hätte er doch einfach seine Badeschuhe angezogen, die er sich extra noch kurz vorher gekauft hatte. Alles haben und dann doch nicht im richtigen Moment zur Hand. BE SMART … dröhnte die Stimme einer seiner Surflehrer im Kopf, wenn er ihnen etwas erklärte und sich dabei an die Stirn tippte.

Wieder klatschte jemand in das hellblaue, fast türkisfarbene Wasser. Das mochten locker fünf Meter sein, überschlug er, als schon der zweite Körper eintauchte und es in alle Richtungen spritzte.

Jeder Schritt tat weh, und er fragte sich, wie Emilia, die immer quengelte, so schnell da oben sein konnte und was sie überhaupt da wollte. Sie war doch mega der Schisser und hatte sich neulich noch Sorgen gemacht. Aber irgendwie war hier ja eh alles etwas anders.

»LUKAS, LUKAS«, rief sie, und die durchtrainierten Burschen neben Emilia stiegen mit ein und feuerten ihn an. Schließlich hielt ihm einer der Jungs helfend seine Hand entgegen und zog ihn mit auf die Felsenspitze.

HEILIGE SCHEISSE dachte er, als er das erste Mal nach unten blickte.

Aber auf keinen Fall würde er jetzt einfach wieder runtergehen können. Allein schon, weil der Aufstieg viel zu sehr weh getan hatte.

Direkt schoss ihm der Song ›Vom 3er‹ der Hamburger Band ... *but alive* in den Kopf.

»OVOS!«, sagte einer zu ihm und hielt sich dabei die Klöten fest.
»TESTICULO!«, sagte ein anderer.

Und dann sprang Emilia vor ihm und alle applaudierten. Nur Lukas ging der Stift.

Alle sprachen wild durcheinander, und er hatte die Vermutung, dass es darum ging, wie heiß sie sei und was für einen Lappen sie da an ihrer Seite habe und jeder sie knallen würden ... direkt ... und Lukas dachte sich nur ›*fickt euch*‹ bevor auch er sich ohne zu zögern von der Klippe in die Tiefe stürzte. Sein Magen hing plötzlich irgendwo bei den Mandeln und er fragte sich, wann er denn nun eintauchen würde ... fuck ... Hände vergessen an den Sack zu nehmen ... jetzt noch schnell, und als er dann seinen Blick auf die Wasseroberfläche richten wollte, klatschte es bereits und er versank, dachte er würde nicht aufhören zu sinken. Wie tief war es hier überhaupt ... gut, wäre clever gewesen, erst im Flug Luft zu holen und nicht schon oben vor dem Sprung. Langsam bremste das Wasser seinen Körper, und langsam wurde es auch knapp mit der Luft. Dann kam die Panik und er strampelte mit den Füßen, zog die Arme wild und heftig durchs Wasser und atmete das Kohlenstoffdioxid aus, als würde es ihm zusätzlichen Antrieb geben. Kurz bevor er das Gefühl hatte, ohnmächtig zu werden, durchdrang sein Kopf die Oberfläche und er japste nach Luft. Die Menge applaudierte vom oberen Rang, und schon tauchte dicht neben ihm der nächste ein.

Was für eine herrliche Gegend. Die Sonne strahlte auf sie herab. Bald würde sie untergehen. Emilia kam zu ihm geschwommen und küsste ihn.

Sie schwammen zurück zum Strand. Bevor sie das Wasser verließen, hielt Emilia ihren Freund am Arm fest und deutete mit einem Kopfnicken auf ein junges Mädel vor ihnen. Sie rekelte sich am Strand und posierte im pinken Bikini, während ein Typ, vielleicht ihr Freund, Handybilder von ihr machte. Sie wedelte die Haare mit einem Handschlag auf. Jetzt ging sie auf alle viere und streckte den Hintern hoch. Keine Frage, sie erntete alle Blicke des Strandes. Aber das Gelächter hinter mit Händen verborgenen Mündern ignorierte sie. Nun stand sie und beugte sich nach vorne in Richtung Kamera.

Lukas war fasziniert. Nein, er fand sie nicht scharf. Er war nur verblüfft über das, was er da sah und warf seiner Freundin einen ungläubigen Blick zu. Sie schüttelte nur mit dem Kopf.

Dann war das Shooting anscheinend vorbei. Schnellen Schrittes verließen sie das Set. Keine Autogramme. Keine Handshakes.

Lukas und Emilia genossen noch kurz die Wärme, warteten bis sie trocken waren und gingen dann wieder den kleinen Pfad entlang zu ihrem Bus. Überall im Bulli waren feine Sandkörner. Der kleine Kühlschrank arbeitete laut und die Hitze hatte sich angesammelt, sodass sie alle Fenster aufrissen und aufklappten. Völlig fertig und k.o. von den Ereignissen der letzten Stunden fielen sie auf das ausgezogene Bett.

Schlaftrunken wachte Lukas kurze Zeit später auf. Die Sonne war dabei, am Horizont zu verschwinden. Er schnappte sich die Kamera und ging raus, um ein Bild nach dem Anderen zu schießen.

»Hey Babe, komm mal her!«, hörte er Emilias Stimme hinter sich.

Sie linste aus der Seitentür, ihre Haare waren ganz wuselig und standen in alle Richtungen ab. Die Augen kaum geöffnet. Er knutschte sie und dann zog sie ihn herein, warf die Decke über sie beide, und nach ein paar wilden und feuchten Küssen drang er in sie ein und schlief mit ihr. Liebevoll. Leidenschaftlich. Eventuelle Blicke ignorierend.

»Ich hab so Kohldampf!«, sagte sie, kaum dass er gekommen war und neben ihr lag.

Er lachte auf.

»Hm, wir müssten entweder nochmal wohin fahren, oder wir gehen da runter zu dieser Strandbar.«, schlug er vor.

»Ja, lass uns das machen!«

Hier saßen sie also gerade fünf Minuten, als ein paar der Jungs von dem Felsen an ihnen vorbei gingen, einer sie erkannte und die Gruppe daraufhin zu ihnen an den Tisch kam. Emilia wurde mit Küsschen auf die Wangen überhäuft, Lukas abgeklatscht, dann setzten sie sich unaufgefordert zu ihnen. Noch bevor sie einen Blick in die Karte geworfen hatten, warf der Älteste von ihnen bereits ein paar Wörter in Richtung Tresen. Es dauerte nur wenige Minuten, bis der Tisch vor Ihnen überquoll mit Tellern und unzähligen verschiedenen Gerichten. Dazu eine Flasche Wein, ein paar Bier und eine Karaffe Wasser.

Lukas und Emilia lachten und schüttelten den Kopf. Lukas hoffte inständig, dass es der Sohn des Besitzers war, oder zumindest ein guter Freund, und dass er hier nicht auf der Rechnung sitzen bleiben würde.

Fisch und Fleisch soweit das Auge sah. Und das mit zwei Vegetariern am Tisch.

Ohne Anstalten zu machen, schnappte sich Emilia einen der kleinen Teller und nahm sich etwas von dem Salat, von den Kartoffelecken, von dem geschmorten Gemüse und ein großes Stück Steak, welches in einem Sud aus Fett und Blut lag.

Lukas war wie erstarrt. Was tat sie denn da? Sie, die immer so strikt war und ihn zum Vegetarier gemacht hatte. Sie, die fast schon vegan lebte und immer wieder Diskussionen mit anderen führte. Sie, die ihm mal eine RIESENSZENE wegen eines Krabbenbrötchen gemacht hatte.

Er war kurz davor, sie darauf anzusprechen, wollte die Stimmung aber nicht vermiesen. Und sie aß. Und nicht nur aß sie, um die Gastfreundschaft wertzuschätzen, sondern sie aß mit Genuss. Mit Leidenschaft. Und nach dem Steak folgte der Fisch mit seinen glasigen Augen.

Fast wie ein wildes Tier, schnitt sie schnell und hastig Stücke heraus und stopfte sie in ihren Mund. Sie schloss die Augen beim

Kauen. Es war, als würde sie nach langer Abstinenz nun endlich wieder etwas schmecken, was sie einst so liebte.

Erst jetzt registrierte Lukas, dass die eine Hand von einem der Typen auf ihrem Oberschenkel ruhte. Ohne, dass sie etwas dagegen tat. Ihm wurde unwohl, und es verschlug ihm sofort den Appetit. Er räusperte sich. Der Typ sah zu ihm herüber, ließ aber seine Hand auf ihrem Bein ruhen. Lukas' Blick wurde ernster, und er schaute auf die Hand. Der Junge grinste nur.

»Mano«, deutete Lukas mit seinen Lippen an. Der Typ schien erschrocken und zog seine Hand weg. Dann nahm er eine Flasche Bier in die Hand und hielt sie Lukas zum Anstoßen entgegen. Lukas nahm sein Bier und trank direkt, ohne anzustoßen. Scheiß drauf, vermutlich musste er jetzt doch die Rechnung zahlen. Vielleicht endete das hier auch in einer schönen Kneipenschlägerei. Und er in der Unterzahl.

Also grinste er dem Typen einfach zu.

Sie saßen noch einige Zeit zusammen, und man versuchte so gut es ging, sich auf Englisch zu verständigen. Es gab viel Gelächter, da kaum einer den anderen verstand. Einige der Boyzinhos saßen und spielten an ihren Handys. Man zeigte sich Videos. Surf-Fails und dergleichen.

Irgendwann standen einige von Ihnen auf und verabschiedeten sich. Emilia, die schon einige Gläser Wein intus hatte, erhob sich ebenfalls und ging nach der Verabschiedung in Richtung der Toiletten.

Schweigend saßen der Typ und Lukas da. Als Emilia von den Klos zurück kam, stand der Typ auf und ging in ihre Richtung. Er stellte sich vor sie und tat so, als würden sie einander immer in dieselbe Richtung ausweichen wollen. Dann legte er seine Hand an ihren Arm, kam mit seinem Gesicht dem ihren dichter und schien ihr etwas ins Ohr zu flüstern. Lukas erkannte nur ihr peinlich berührtes Grinsen.

Seine Stimmung war auf einem Tiefpunkt. Er war super gereizt und wollte hier weg, am liebsten aber dem Typen eins in die

Fresse schlagen, obwohl nichts passiert war. Er versuchte, sich zu beruhigen, indem er sich einredete, er hätte ihr sicher nur ein Kompliment gemacht. Deswegen würde sie trotzdem mit Lukas heute ins Bett gehen und er würde sie weiter ficken und nicht dieser Bubi-Spinner ohne Bartwuchs.

Ihre Hand strich an dem Arm des Typen herab und dann drückte sie ihren Körper an ihm vorbei. Lukas Herz pochte und seine Zähne knirschten aufeinander. Schnell griff er eine der noch vollen Bierflaschen und schüttete das Zeug in sich hinein. Dann setzte sich Emilia nichtssagend und ohne ihn anzusehen auf den Stuhl gegenüber von ihm.

Er wusste nicht, ob und wenn was er sagen sollte. Er wollte nur weg. Weg mit ihr. Weg von dem Typen. Warum denn nur fühlte er sich so? Sah er diesen Bengel echt als Konkurrenz?

»Das Essen ist bezahlt! Wir sind eingeladen! Hat er gesagt, und er wünscht uns noch eine schöne Reise!«, fing sie plötzlich an.

Ob sie log oder nicht – er würde es nicht erfahren. Aber seine Stimmung wurde um eine Nuance besser.

»Oh, wie lieb von ihm!«, erwiderte Lukas sarkastisch.

Sie sah ihn fragend an.

»Was los?«

»Nix.«

»Sicher?«

»Jupp.«

»Ich kenn dich!«

»Schön. Ich *dich* langsam nicht mehr!«

Sie zog erschrocken den Kopf zurück und ihre Stirn legte sich in Falten. Ihre Stimme wurde schlagartig ernster.

»Was soll das denn jetzt heißen?«

Lukas beugte sich nach vorne, weil das niemand anderen etwas anging, und er wägte kurz ab, ob er das jetzt hier beginnen sollte oder ob er nicht einfach abwinkte und die Klappe hielt.

»Ey Emilia, du frisst plötzlich Fisch und Fleisch. Dich stört es nicht, wenn ein fremder Typ seine Hand auf deinem Schenkel hat.

Du bist auf einmal super mutig und kletterst hier auf Felsen und hüpfst da runter, als hättest du nie was anderes gemacht. Du sitzt nachts in der heißen Wanne. Du bist abwesend. Hast ab und zu Nasenbluten und ...«

»Ey, ich hatte Unterleibschmerzen LUKAS! Und was ist so schlimm daran, mal mutiger zu sein, als sonst ... Meinst du nicht, mich nervt das, immer das zurückhaltende Mädchen zu sein? Und für das Nasenbluten kann ich nix, und wenn hier nur so Zeug steht und ich Hunger habe, darf ich ja wohl einmal im Jahr 'ne Ausnahme machen und das essen, oder macht mich das zu 'nem Mörder und der Typ ... ja der ist heiß aber ich lutsch doch nicht seinen Schwanz und das kannst du dir für die nächsten Tage auch abschminken. Komm mal runter, Mister Ich-bin-perfekt-und-mach-alles-richtig-im-Leben-guckt-mich-an!«

Sie ließ sich nach hinten in den Stuhl sinken, holte tief Luft nach dem Monolog und trank das nächste Glas Wein in einem Zug aus.

Mit verschränkten Armen saß Lukas da und wandte seinen gereizten Blick von ihr auf das Meer.

Er atmete tief die Luft ein und versuchte sich auf die kühle Brise zu konzentrieren und seine Gedanken zu sammeln, und er fragte sich, ob er überreagiert hatte und was an ihren Aussagen dran war.

Das kalte, lasche Bier lief seine Kehle herunter.

Sie schnaufte noch einmal hörbar, dann stand sie auf und Lukas rechnete damit, dass sie jetzt wütend wegstampfen würde. Aber sie setzte sich neben ihn, griff seine Hand und löste seine abweisende Haltung.

Er drehte den Kopf zu ihr und erkannte ihre Sanftmütigkeit. Ihr Harmoniestreben.

»Tut mir leid, Lukas. Nichts von den Sachen soll dir Sorgen machen oder dich verletzen. Aber wir haben Urlaub. Und ich möchte einfach mal ich sein. Und hier habe ich das Gefühl, das endlich mal sein zu können!«

Lukas erstarrte.

»Endlich mal du selbst sein? Wer bist du denn sonst?«

»So meinte ich das nicht!«

»Wie denn? Wen kenne ich denn?«

Ihre Hand verließ seine Haut, nein sie war schon weg, aber erst jetzt realisierte er es. Wie Phantomschmerz.

»Lukas, echt jetzt. Du verstehst das falsch. Ich bin ich und du kennst mich, aber Mann, ach ich weiß auch nicht, was ich hier fasel. Es fühlt sich irgendwie anders an hier irgendwie. Ich kann das nicht beschreiben. Hast du das nicht? Im Urlaub ist man doch immer irgendwie mehr man selbst als zuhause in diesen Rollen. Nein NEIN««

Sie blockte seinen kommenden Einwand direkt ab und hielt die erhobenen Hände vor ihn.

»NICHT SO! ENTSCHULDIGE BABE!«, fügte sie hinzu und lehnte sich vor für einen Kuss. Sie bekam ihn. Aber er fühlte sich falsch an. Eingefordert. Nicht ernst gemeint. Aufgedrückt. Gespielt. Künstlich. Es war seine Machtlosigkeit, die sie zu spüren bekam.

»Lass uns gehen! Ich will mit DIR schmusen!«, sagte sie schließlich und Lukas gab nach. Sie hatte gewonnen. Er war ein Idiot. Das würde er ihr morgen sagen. Oder irgendwann. Noch konnte er das nicht zugeben.

22.

Schon in dem Moment, als er unten ankam, dachte Lukas daran, dass er all diese Holzstufen auch wieder hochlatschen musste.

Allein der Gedanke daran ließ seine Bronchien enger werden.

Die Sonne knallte vom höchsten Punkt herab, und nur selten kühlte ein kurzer Windhauch die schweißnassen Körper.

Der Sand rieb zwischen den Flip Flops und seinen Füßen, aber ein Ende war in Sicht. Nur noch ein paar wenige Schritte, und sie hatten endlich den Strand erreicht. Vom oberen Punkt sah es gar nicht so aus, als wäre der Weg eine Tortur. Allein der Gedanke, gleich ins kalte Wasser zu springen trieb ihn an.

Emilia ging hinter ihm und hatte den großen Beutel mit Getränken und Snacks und dergleichen über ihre Schulter gehängt, die langsam zu schmerzen begann. Innerlich fluchte sie, und vermutlich hatte sie laut aufgestöhnt, ohne es zu merken, aber Lukas blieb stehen, wartete auf sie und hielt seine Hand hin, um ihr die Last abzunehmen.

Von weiter unten waren Stimmen zu hören. Kinder, die schrien. Jungs, die sich irgendwelche Sportbefehle zubrüllten. Musik aus mindestens fünf Lautsprecherboxen und ein wilder Beziehungsstreit … zumindest sah es danach aus, wenn man die beiden beobachtete.

Lukas war unten angekommen und schaute in alle Richtungen. Vom Parkplatz oben kaum sichtbar, tummelten sich hier hunderte von Badebegeisterten.

Aber der Blick, vorbei an den felsigen Klippen auf das schier endlose Blau, beruhigte sein Gemüt.

Es war ja auch nicht einfach blau. Überall gab es unterschiedliche Nuancen, die ihn an eine Farbpalette im Baumarkt erinnerten. Es war verrückt, wie ein und derselbe Aggregatzustand so viele Farben hervorbringen konnte. Oder eben absorbierte. In seinem Kopf machte er einen Schnappschuss, und er würde versuchen, sich daran zu erinnern, wenn er das nächste Mal wieder malen würde.

Ungewollt verzog sich sein Mund zu einem Lächeln, und mittlerweile war auch Emilia neben ihm angekommen. Ihre Stimmung brauchte noch ein wenig, um sich zu bessern.

Überall duftete es nach leckerem selbstgemachten Essen, in Verbindung mit der salzigen Meeresluft. Wie sehr er sich wünschte, die Luft eintüten oder in einem Einwegglas aufbewahren zu können ... ach, eine ganze 10-Liter-Flasche voll davon. Es waren meist die kleinsten Dinge, die dafür sorgten, dass es einem besser ging, dass der beschissene Tag ein klein wenig weniger beschissen war.

Auf der Suche nach einem Platz zum Hinhocken schlenderte er durch den Sand, dann blieb er stehen. In dem Felsen vor ihm war ein Durchgang. Wie eine Art Tunnel in den Stein gesprengt. Ringsherum waren Namen, Wörter und Zeichen eingeritzt ... klar, die Penisse und Telefonnummern durften nicht fehlen, genau wie die Herzen und Daten von vergangener Liebe. Innerlich fragte er sich, wie viele der Paare davon noch zusammen wären und dachte, dass es jemanden geben müsste, der da Nachforschungen betreibt, darüber berichtet und Studien veröffentlicht.

Er wusste nicht, was er erwartet hatte, erschrak aber, als plötzlich zwei Menschen aus dem Felstunnel herausgerannt kamen.

Allein der Fakt, dass hier so ein Tunnel war, und mochte er noch so langweilig sein und auf der anderen Seite nichts anderes warten als hier, war für ihn wie ein kleines Abenteuer. Wie eine Entdeckung. Vielleicht lag dieser Tunnel bei Flut unter Wasser. Wie spannend wäre es, hinab- und hindurchzutauchen, hindurch und auf der anderen Seite wieder hoch. So in seine Gedanken versunken, zog er vor dem Betreten des Tunnels instinktiv tief die Luft in seine Lungen und hielt den Atem an. Er ging mit normalem Tempo. Schaute nach links, nach rechts, musste weiteren Leuten ausweichen. Es war eng, aber breit genug die Arme seitlich durchzuziehen. Okay er würde Flossen brauchen. Noch ging alles gut mit der Luft. Ja, okay, er müsste mit einberechnen, überhaupt erst mal hier runter zu kommen, auf Anhieb den Eingang zu finden und dann noch genug Luft haben, um aufzutauchen. Er war durch und die Sonne prallte wieder direkt auf seinen Kopf. Er atmete aus.

Vor ihm entfaltete sich ein weiterer kleiner Sandstrand. Auch hier hatten sich einige Besucher niedergelassen und ließen sich die Sonne auf die ölige Haut brennen.

Sie fanden einen Platz in der Nähe des Felsens, der wenigstens etwas Schatten bot, auch wenn die Schilder davor warnten, sich dorthin zu setzen.

Emilia kramte die Decke hervor und fiel erschöpft zu Boden.

Lukas lief der Schweiß nur so herunter. Wie eine Sirene sang das Meer zu ihm und versprach ihm Linderung.

In Windeseile wechselte er die Klamotten und hatte seine Badehose an.

Der Sand war so heiß, dass er Angst hatte, sich die Füße zu verbrennen. Trotzdem wollte er nicht wie ein Vollidiot hier über den Strand rennen, und so biss er sich auf die Lippe und versuchte möglichst normal zu gehen … ahhhhhh, scheiß drauf … Er riss die Füße hoch und begann zu laufen, bis schließlich das Wasser seine Füße, seine Knöchel, seine Fesseln, seine Waden, seine Knie umspülte. Okay, jetzt kam der harte Part … Langsam ließ er sich herab. Kalt zog es seinen Rücken herauf und verwandelte seine Haut in eine kleine hügelige Landschaft. Die Haare standen hoch wie Baumstämme.

Schließlich hatte er sich überwunden und war komplett eingetaucht. Eingetaucht in etwas, aus dem er entsprungen war. Aus dem alles Leben entstanden war. Aus dem der Mensch zum größten Teil besteht. Es schien ihm unfassbar. Und gleichzeitig war es, als ob dem Meer immer etwas fehlte. Denn es zog jeden Menschen ans Wasser. Als hätte es eine unsichtbare Macht und verlangte danach, es zurückzufordern. Als müsste es irgendwann alle seine Kinder wiedersehen. Und manchmal nahm es sie mit. Mit hinab.

Er machte ein paar Züge, wechselte ins Kraulen, schlug die Beine im Takt und machte schnell ein paar Meter. Dann stoppte er. Sein Körper kam zum Stehen. Nur das sanfte Wippen durch die Wellen bewegte ihn noch. Wie ein Korken im Wasser trieb er, holte tief Luft und tauchte hinab.

Lukas hatte die Augen unter Wasser geöffnet. Ein Schleier hatte sich vor ihn gelegt, und er sah keine zwei Meter weit. Aber er genoss die Ruhe. Er war umgeben von Wasser, und alles schien dumpfer zu sein. Er hörte sein Herz in den Ohren schlagen, während seine Füße versuchten, sein Gleichgewicht zu halten.

Doch plötzlich kam da etwas. Etwas Dunkles. Einige Meter vor ihm. Und schlagartig überkam ihn die Panik.

Schnell schlugen seine Beine und er tauchte auf, schüttelte den Kopf und versuchte, sich das Wasser aus den Augen zu wischen. Es dauerte eine Weile, bis er halbwegs deutlich sehen konnte. Ein Blick in alle Richtungen. Auf der Suche nach der Finne. Es musste ein Hai sein. Er drehte den Kopf und blickte in Richtung Strand. Er müsste schnell sein, wenn er es schaffen wollte. Mit Glück würden die Leute seine Schreie hören und ihm zur Hilfe eilen, so weit war er nicht entfernt. Mit einem Kloß im Hals und weit geöffneten Pupillen begann er, langsam zu schwimmen und versuchte, sich gleichzeitig zu beruhigen.

»Hier gibt es keine Haie!«

Atmen.

»Das ist nur in deinem Kopf!«

Arme, die rhythmisch ins Wasser tauchten, Handflächen, die Wassermassen nach hinten drückten und seinen Körper nach vorne schoben.

»Ruhig … Bleib ruhig!«

Lukas fühlte sich seit Jahren von Haien angezogen. Diese über

Jahrtausende perfektionierten Jagdmaschinen der Ozeane. Jede Struktur durch die Evolution gezeichnet. Er hatte sie alle gesehen. Jede Doku. Nein, es waren keine Monster für ihn. Er wusste, warum Haie Menschen angriffen und wie gering die Wahrscheinlichkeit war. Aber die Wahrscheinlichkeit wäre ihm scheißegal, wenn es ihn erwischte. Und nein, er würde nicht gefressen werden. Er würde hier jämmerlich verbluten. Es würde zu lange dauern, bis es ein Rettungsdienst in dieser Region geschafft hätte, ihn zu transportieren. Einen durch diverse Zahnreihen des Revolvergebisses abgerissenen Arm würde man noch überleben, aber kein improvisiertes Tourniquet würde ihn davor retten, wenn das warme Blut aus seiner Femoralis den Strand rot färbte. Oder wie ein Laie es ausdrücken würde – wenn der Hai erst mal ein Bein abgebissen hat, dann hilft auch kein Abbinden mehr.

In seinem Kopf schossen die Bilder vorbei. Von den Amateuraufnahmen, als eine Urlauberin zwischen zwei Booten badend plötzlich von Haien angegriffen wird und um ihr Leben schreit, während die Handys und Amateurkameras ihre letzten Minuten festhalten. Er spürte förmlich den Biss in seinem Fleisch und fragte sich, ob es weh täte, wenn sich die Rasierklingen-scharfen gezackten Sägezähne durch Fleisch und Muskel arbeiteten und den Knochen durchtrennten.

Er war zehn, als er mit seinen Großeltern in Tunesien im Urlaub war.

Bei einem Spaziergang mit seiner Oma entdeckten sie eine Ansammlung von Menschen. Einige Fischer hatten einen etwa zwei Meter langen Hai auf dem Sand abgelegt.

Er war tot. Keine Zuckungen. Keine Versuche zu atmen.

Traurig, aber fasziniert inspizierte Lukas den Hai und versuchte zu verstehen, was die Fischer sagten.

Einer von ihnen griff dem Hai ans Maul und öffnete den Kiefer. Die Zähne blitzten, und Lukas machte erschrocken einen Satz nach hinten.

Vielleicht war es dieser Moment, der seine Faszination für diese Wesen auslöste.

Seine Oma nahm ihn bei der Hand, zog ihn dicht an sich und sagte ihm, dass er heute nicht mehr ins Wasser gehen dürfte. Als ob die Chancen, gebissen zu werden, morgen anders wären, dachte er sich.

Keine drei Stunden später war er im Wasser. Er schwamm. Zügig bewegte er sich in Richtung der kleinen vorgelagerten Sandbank, die er neulich mit ein paar anderen Kids entdeckt hatte. Dort angekommen, stieß er die Füße in den sandigen Boden und streckte sich in die Höhe. Seine Hände strichen die Haare aus seinem Gesicht.

Und plötzlich sah er ihn. Den Schatten. Die dünne schwarze Form, die sich in seine Nähe arbeitet. Wie angewurzelt blieb er erstarrt stehen. Seine Augen versteift auf das sich bewegende Objekt, das näher kam und kurz vor ihm zur Seite abdrehte. Er konnte den Kopf kaum bewegen, und nur das kalte Wasser sorgte dafür, dass sein Blut nicht in den Beinen versackte und er bewusstlos wurde vor Angst.

In Zeitlupe, so fühlte es sich für ihn an, drehte er sich auf der Stelle und verfolgte das Wesen mit seinem Blick. Wasser spritzte hoch. Ein Schlag mit der Schwanzflosse. Aber, Sekunde, was ragte da aus dem Wasser? Eine Art Rohr. Lukas versuchte, sich zu konzentrieren und scharf zu stellen. Das war ein Schnorchel, und dann tauchte einige Meter von ihm entfernt ein Junge auf. Mit Taucherbrille – und Lukas kippte augenblicklich erleichtert rücklings ins Wasser. Der Schock saß tief, aber die Angst ließ langsam von ihm ab und sein Herzschlag normalisierte sich.

Er war die nächsten beiden Tage nicht mehr im Meer baden.

Auch jetzt noch, knapp 20 Jahre später, kam weiter draußen im Meer schleichend die Angst über ihn und nahm von ihm Besitz… als würde das Wasser durch seine Poren und Ohren in seinen Körper eintreten und sein Hirn infizieren, indem es ihm alle Horrorszenarien auf die Netzhaut projizierte.

Endlich hatte er wieder Boden unter den Füßen. Er entdeckte

Emilia am Strand und winkte sie zu sich. Aber sie reagierte nicht. Wie angewurzelt stand sie da und starrte in die Ferne. Er legte Zeige- und Mittelfinger beider Hände in seinen Mund und pfiff nach ihr. Sie reagierte nicht.

Lukas überlegte, ob er sie ließ oder ob er zu ihr gehen sollte. Irgendwie war er immer noch sauer nach der Aktion gestern in der Bar. Sollte er sich entschuldigen? War er zu eifersüchtig? Nein. Nein war er nicht. Er war nicht schuldig. Sie war es, die Mist gebaut hatte, und dafür musste er sich nicht entschuldigen.

Er drehte sich wieder Richtung Meer, und erst jetzt realisierte er, wie schrecklich es für Schiffbrüchige sein musste, in allen Richtungen nichts zu sehen, außer den Himmel, der auf das Wasser trifft. Der Horizont ist etwa 4,7 Kilometer vom Betrachter entfernt. 4,7 Kilometer, die man in irgendeine Richtung schwimmen könnte, während das Salz, die Kälte und der Seegang mit seinen Wellen an einem nagten und einem die Kraft stahlen, nur um dann nach Stunden erschöpft festzustellen, dass sich der Blick nicht geändert hatte und weit und breit kein Land zu sehen war.

Wie viele Seelen lagen wohl mittlerweile auf dem Meeresboden?

Wasser spritze von hinten gegen seinen Körper. Lukas drehte sich um und sah Emilia, die sich zu ihm bewegte und mit einem Tritt das Wasser aufgepeitscht hatte.

Auch sie hatte eine Gänsehaut. Ihre Schultern dicht an den Hals gezogen, die Arme übereinander gelegt, rieb sie sich selbst die Oberarme.

»Ey, na du Frostbeule. Runter mit dir. Dann ist es nicht mehr ganz so schlimm.«

Er stand auf, hielt ihr seine Hand entgegen. Skeptisch legte sie ihre Hand in die seine. Mit einem Ruck riss er sie nach vorne und schubste sie in den Rücken, sodass sie ins Wasser stürzte.

Mit verzogenem Gesicht hustete sie, als sie nach Luft schnappend nach oben kam und fauchte direkt los. Es war seine Rache für gestern. Und es war ihm sogar egal, ob sie sauer sein würde. Nein, doch nicht. Sofort machte er einen Satz zu ihr, umklammerte sie mit seinen Armen und zog sie dicht an sich, hielt sie fest, sogar als sie versuchte sich aus seinem Griff zu befreien. Dann küsste er sie auf den Mund. Es dauerte einige Sekunden, bis sich ihre Muskeln entspannten und ihre Flut aus Wut wie das Wasser bei Ebbe verschwand.

»Komm, wir schwimmen ein wenig raus.«, schlug Lukas vor.

»Okay, aber nicht so weit. Und keinen Scheiß mehr machen!«

Sagte die Richtige, dachte er sich stillschweigend.

Das Wasser um sie wurde kälter. Der Grund tiefer und die Farbe dunkler.

Lukas blieb im Wasser schwebend an einem Punkt und versuchte, durch Rudern mit den Armen und leichten Beinbewegungen seine Position zu halten, bis sie bei ihm angekommen war. Sie umklammerte ihn. Schlang ihre Arme um seine Schultern und ihre Beine um seine Hüfte. Dann küsste sie ihn zärtlich. Wilder. Gieriger. Verlangender. Fordernder. Und so gerne er sie jetzt hier genommen hätte – es war schlichtweg zu kalt.

»TAUCHGANG«, schrie Emilia in einer Stimme, die Lukas vollkommen fremd war; und noch während sein Hirn versuchte, dieses Phänomen einzuordnen, wurde er unter Wasser gedrückt.

Schnell kam er wieder hoch. Seinen Körper auf Angriff eingestellt. Doch wieder griffen Hände nach seinem Kopf.

Mit ihm gänzlich unbekannter Kraft drückten sie ihn erneut unter die Oberfläche und hielten ihn dort. Seine Hände griffen nach ihren Gelenken, und er versuchte sich zu befreien, aber sie schienen wie festgeklebt an seiner Kopfhaut und ließen sich nicht verrücken. Lukas wusste, er war ihr körperlich überlegen und es müsste eine Kleinigkeit für ihn sein, sich zu befreien; also wand er sich wie ein Aal, strampelte umher. Doch jetzt griff eine Hand in sein Gesicht, während die andere seine Haare packte und ihn weiter unter Wasser zog. Jetzt kam die Panik über ihn, mit einer Wucht, als würden Wassermassen über ihn hereinbrechen, die zuvor hinter Türen verschlossen gehalten wurden. Wieder und wieder versuchte er sich aus dem Griff zu befreien, und seine Kopfhaut schmerzte. Die Luft war mittlerweile von seinen Zellen zu Kohlenstoffdioxid umgewandelt, und das lagerte sich an, aber es musste raus, er musste es abatmen, neuen Sauerstoff zu sich nehmen … das war der Kreislauf des Lebens. Hier gab es nur Wasser, das … ihm wurde schwindelig, und er wusste, jetzt blieben ihm nur noch Sekunden, die über Leben und Tod entschieden. Er mobilisierte seine letzten Reserven, öffnete die Augen und nahm die hellere Schattierung neben sich wahr. Er ballte die Hand zur Faust und rammte diese mit voller Wucht nach vorne. Seine Knöchel berührten Haut und drückten den Körper weg. Im selben Momenten löste sich der Griff um seinen Kopf und gab ihn frei. Er hatte mit solch einer Härte zugeschlagen, dass es selbst hier unten, durch das Wasser gebremst, schmerzte. An Land hätte der Schlag seinen Gegner nach hinten katapultiert.

Lukas schoss nach oben. Saugte tief die Luft ein, schluckte Wasser dabei und begann zu husten. Aus Angst, erneut angegriffen zu werden, schlug er wild mit den Beinen um sich und schwamm weg von Emilia, die nun ihren Bauch hielt und vor Schmerzen das Gesicht verzog.

»EY SPINNST DU JETZT TOTAL ODER WAS?«, schrie er bevor er erneut zu Husten und Würgen begann.

»WILLST DU MICH UMBRINGEN, ODER WAS? WAS STIMMT DENN NICHT MIT DIR?«

Er war kurz davor zu kotzen. Nicht nur, weil sich Salzwasser in seinen Bronchien gesammelt hatte, sondern weil er Angst vor seiner Freundin bekam. Nein, nicht nur Angst. Es war mehr. Es war Panik. Es war überwältigend, wie es über ihn herein krachte. Als wäre das nicht seine Freundin. Nicht die Frau, mit der er den Urlaub begonnen hatte. Als wäre sie ausgewechselt. Noch nie hatte er sie so erlebt. Nicht mal im Ansatz. Wieder kam ihm in den Sinn, ob sich in ihrem Kopf nicht eine Blutung oder vielleicht ein Tumor ausbreitete, der ihr Hirn wie in einer Schrottpresse zusammenquetschte und Areale, die für ihre Persönlichkeit zuständig waren, außer Gefecht setzte.

Hätte er nur eine Sekunde früher das Meerwasser aus seinen Augen gerieben, hätte er gesehen, wie sich ihre Pupillen nach oben gedreht hatten, so weit, dass nur noch die weiße Sklera zu sehen war. Erst jetzt rollten sie wieder an die richtige Position und verengten sich aufgrund des Sonnenlichts.

»Wir müssen alle zurück ins Meer!« ein fast unhörbares Flüstern.

Verdutzt starrte er sie an und versuchte, besser Luft zu bekommen.

»WAS?«, fauchte er zurück. Sein Finger im Ohr versuchte das Wasser aus seinem Gehörgang zu beseitigen. Er fragte sich, ob er sie richtig verstanden hatte.

»WAS DU GESAGT HAST?«

»Rede doch mal mit mir, Mann!«

Keine Reaktion.

Frustriert schwang seine Hand auf die Wasseroberfläche, sodass eine Ladung in ihre Richtung schoss, ohne sie jedoch zu treffen.

Wütend und verletzt begann er, von ihr weg in Richtung Strand zu schwimmen. Sie schaute ihm hinterher und ließ ihn ziehen.

»WIR ALLE gehören zurück ins Meer.«

Sie nickte für sich allein.

Eine halbe Stunde später legte sie sich zu ihm auf die Decke, während sich die Wassertropfen auf ihrer Haut einen Wettlauf lieferten. Wasser tropfte von ihren Haaren auf seinen Körper, den die Hitze mittlerweile wieder erwärmt hatte. Nicht mal erschrocken, sondern eher genervt öffnete er die Augen, beließ aber seine Headphones im Ohr und lauschte weiter dem Album von den großartigen Marmozets.

WE'RE BORN YOUNG AND FREE YOUNG AND FREE kreischte Becca Macintyre wiederholend am Ende des ersten Songs. Was für ein verdammt geniales Debütalbum.

Seine Augen fixierten die ihren, und er versuchte schlau zu

werden aus dem, was hier vor sich ging. Mit der Verwandlung dieser Person, die er dachte in- und auswendig zu kennen. Er musste mit ihr in die Klinik und herausfinden, ob da irgendetwas nicht in Ordnung war in ihrem Kopf.

Vielleicht wäre es besser, einfach nach Hause zu fahren. Manchmal war es richtig, zurück in die Komfortzone zu rasen. Da, wo man alles und jeden kannte.

»Du machst mir Sorgen!«, sagte er, als sie ihre Haare abtrocknete.

Sie hielt inne, ließ das Handtuch fallen und hockte sich zu ihm. Ihre Hand streichelte seine Wange und dann begann sie ihn zu küssen. Leidenschaftlich. Lukas konnte das nicht erwidern. Nicht nach dem, was vorhin da draußen passiert war. Er hatte das Gefühl, sie wollte ihn umbringen und er hatte wirklich Angst gehabt ... echte, spürbare, begründete Angst. Um sich und um seine Freundin.

Vorsichtig drückte er mit seinen Händen ihre Schulter nach hinten und unterbrach den Kuss.

»Emilia ... wirklich. Ich glaube, es ist etwas mit dir. Und ich will, dass du zu einem Arzt gehst. Ich gehe mit dir zu einem Arzt. Ich will wissen, ob alles in Ordnung ist da drin.«, und sein Zeigefinger pochte auf ihre Stirn wie ein Specht am Stamm.

Ohne langes Warten nickte sie, und im selben Moment sammelten sich Tränen in ihren Augen.

Lukas war überrumpelt von ihrer Reaktion, und automatisch zog er sie an sich und hielt sie fest. Seine Hand um ihren Nacken, die zweite am nassen und ausgekühlten Rücken. Langsam atmete er in ihr Ohr und er spürte ihr Schluchzen und wie seine Schulter feuchter wurde.

»Lass uns nach Hause«, sagte sie schließlich leise und umarmte ihn eine Nuance fester, während sie ihre Nase tief in die Ecke zwischen seinem Hals und der Schulter presste.

23.

Die Augen nur einen Spalt breit geöffnet, lugte sie über die Bettkante.

»Was machst du da?«, fragte sie mit mürrischer, müder Stimme und zog die Decke ein Stück höher zur Nase.

Lukas stand im Bus in seiner Jogger und verursachte ein Chaos. Draußen bahnte sich gerade die Sonne ihren Weg empor, um über den Tag zu herrschen.

Ohne zu antworten, kramte er in seinem großen Reiserucksack.

»Baby?!«, fragte sie erneut, bis sie genervt den Kopf auf das Kissen fallen ließ.

Die Fenster waren von innen beschlagen und bildeten einen dünnen Film aus kleinsten Wassertropfen.

»Ich such mein Handy. Hast du es gesehen?«, antwortete er, ohne sie anzusehen. Ohne ihr einen guten Morgen zu wünschen.

»Das kann doch gar nicht sein. Ich hab das doch gestern noch gehabt. Ich bin mir sicher, ich hab das hier hin gepackt. Hast du deins noch? Guck mal … nicht dass wir nachts überfallen wurden!«

»Ach, jetzt quatsch mal nicht rum und komm hier zurück ins Bett.«

Er guckte zu ihr rüber.

»Em, ernsthaft, guck mal bitte nach.«

Er kramte weiter und entdeckte sein Portemonnaie in der Arschtasche, öffnete es. Alles da. Kreditkarte. Bankkarte. Bargeld … alles, wo es hingehörte.

Mit einem »tzz« setzte sich Emilia auf, ihre Haare verwuschelt vom Schlaf, zog das kleine Fach neben dem Bett auf, griff nach ihrem Handy und präsentierte es mit einem zynischen Grinsen.

»Also, *ich* weiß wo mein Kram ist. Komm jetzt her. Wir brauchen das jetzt nicht!«

»Brauchen das jetzt nicht? Echt jetzt, Em ... ey fuck Mann, das ist mein Handy, da sind alle möglichen Nummern und Bilder und weiß ich nicht was drauf. Ich will wissen, wo es ist. Ich will damit jetzt nichts machen. Ich will wissen, wo es ist.« Er machte eine kurze Pause und sagte dann etwas leiser »*Du* hängst doch ständig an deinem Handy und wenn es um deins gehen würde ...«, er verkniff sich den Rest.

»Dann was?« Sie setzte sich auf und zwischen ihren Augenbrauen bildete sich diese Zornesfalte.

»Dann WAS, Lukas?«, fragte sie erneut.

»Scheiß doch jetzt mal drauf und komm hierher zu mir und fick mich. Meine Fresse!«

Genervt schloss Lukas die Augen. Als wenn er jetzt einen hoch bekommen würde und einen Kopf für so etwas hätte. Wieso verstand sie das nicht? Wieso fühlte er sich manchmal, als könnte sie sich in alle Menschen hineinversetzen, nur eben nicht in ihren Freund und seine Situation.

»Ich fick dich bewusstlos, wenn du mein Handy findest. Also los jetzt, Captain Schnürschuh, raus aus den Federn!«, und er warf ihr ihren Pulli ins Gesicht.

»Fick dich, Lukas. Ernsthaft.«

»Ist das dein scheiß Ernst jetzt, Em? Mann, hilf mir doch ein Mal. EIN EINZIGES MAL, wenn es um meine Sachen geht.«

»In deiner Jackentasche!«

Ein Hoffnungsschimmer. Jackentasche. Welche Jacke? Warum da? Hatte er gestern eine Jacke an? Scheiße. Er musste unbedingt was gegen sein schlechtes Kurzzeitgedächtnis tun.

Er kramte die Jacke unter dem Stapel aus ausgepackten Klamotten hervor und betastete die Tasche.

Nichts.

Andere Seite.

NICHTS.

FUCK.

»Is nicht!«

Etwa 45 Minuten später lag annähernd der gesamte ehemalige Inhalt des Busses vor dem Bus, der Rest lag quer verteilt in dem Bus, und jeder von ihnen hatte jedes Stück mindestens dreimal in der Hand gehabt. Jede Ecke war inspiziert. Jedes Fach ausgeräumt, abgesucht und wieder eingeräumt worden ... zweimal.

Knapp zwei Minuten stand Lukas in Unterhose bekleidet vor der offenen Schiebetür inmitten des Chaos' und wippte apathisch von einem Bein aufs andere, während er an der Zigarette zog und sich langsam sein Darm bemerkbar machte.

Krampfhaft versuchte sein Hirn, jede Sekunde abzuspielen, wie von einer Festplatte, um die Minuten nach der letzten Benutzung Revue passieren zu lassen.

Er hatte keine Ahnung.

Em hatte gefühlte 50 Mal auf seinem Handy angerufen, aber immer war sofort die Mailbox dran gewesen.

Zu dem Frust gesellte sich langsam Hunger.

Lukas gab sich geschlagen. Er schmiss die Hose, deren Taschen er nochmals durchsucht hatte, auf den Beifahrersitz und ließ sich im Schneidersitz auf dem Sandboden nieder. Da hockte er. Und er verstand nicht. Nichts von dem in seinem Kopf ergab Sinn. Es hätte da sein müssen. Schlichtweg da sein.

Wer würde denn einfach NUR das Handy klauen, während hier Kamera-Equipment in einer Tasche stand, was locker 3.000 Euro kostete, plus ein kurzer Griff in DEN offensichtlichsten Spot für eine Brieftasche ... und das Navigationsgerät. Alles, all das wäre einfacher zu klauen gewesen, als sich halb über das Bett zu lehnen, um nach dem Handy zu greifen.

Aber scheiß drauf jetzt, dachte er sich.

Es ist, wie es ist. Er konnte es jetzt nicht ändern.

Mit Glück tauchte es wieder auf. Vermutlich wie die Nacktfotos aus dem eigenen Ordner von Em im Internet auftauchen würden. Das sagte er ihr natürlich nicht.

»Komm, kleiner Mann, ich mach uns Kaffee und Ei … das findet sich schon an.«, sagte sie und schubberte ihm durch sein trockenes, struppiges Haar.

Lukas nickte traurig und verzog seinen Mund zu einer Flunsch. Genervt und erschöpft atmete er aus und ließ sich mit Hilfe ihrer Hand nach oben ziehen.

Irgendwann findet es sich bestimmt an, redete er sich ein.

Er griff nach dem Bordbuch. Irgendwie hatte er lange keine Einträge gemacht. Und jetzt war dies ein Moment, um sich abzuregen und vielleicht würde es ihm ja dann plötzlich wieder einfallen.

Seine Finger blätterten in dem kleinen schwarzen Buch umher, dann wurde er langsamer. Blickte auf die Seiten. Irritiert blätterte er zurück. Wieder zu dem Punkt wo er gerade war. Jeder Eintrag war übermalt worden. Mit Gesichtern. Jungen Gesichtern. Mädchen. Dann auf anderen Seiten Frauen.

Von dem vorherigen Text war kaum noch etwas zu lesen. Er wollte seinen Augen nicht glauben. Das konnte doch nicht wahr sein.

Als würde er die Realität anzweifeln, strichen seine Finger sanft über die Seiten und ertasteten die Struktur der Blätter. Kugelschreibermine. Keine Farbe blieb auf seiner Fingerkuppe.

Er schaute Emilia an. Blickte zurück.

Griff das Buch und drehte es aufgeschlagen in ihre Richtung.

»Warst du das?« Seine Stimme zitterte und verlor fast an Halt.

Sie schaute auf. Ihre Augen weiteten sich und sie setzte sich aufrecht. Begutachtend lehnte sie sich leicht nach vorne, kniff die Augen zusammen und hielt ihre Hände nach vorne, um nach dem Buch zu greifen.

Er reichte es ihr, ohne ihr Gesicht aus den Augen zu lassen. Jede Veränderung in ihrer Mimik wollte er erkennen.

Sie blätterte umher. Schüttelte den Kopf.

»Emilia, warst du das?«, fragte er mit ernster Stimme.

Kopfschütteln. Ohne Augenkontakt. Noch immer blätterten ihre Finger. Verblieben bei einer Seite. Wie Lukas zuvor strichen ihre Finger über die Seite.

Sie schaute ihn an. Tief in seine Augen. Verängstigt. Besorgt. Fest saß der Kloß in ihrer Kehle.

Ihre Finger begannen zu zittern.

»Lukas. Ich war das nicht!«

»Aber wer …«

Sie drehte ihm die Seite zu.

»Lukas, ich war das nicht. Ich kann nicht zeichnen. Das weißt du. Aber …« ihre Stimme versagte. Tränen suchten sich ihren Weg. Sie schaute nochmals auf das Bild vor ihr. Drehte das Buch wieder zu ihrem Freund.

»Ich kenne diese Gesichter. Aber ich weiß nicht woher. Lukas! Woher kenne ich diese Gesichter?«

Er setzte sich neben sie. Nahm das Buch aus ihren Händen, legte es offen auf die Bettdecke neben sich und umarmte sie. Hielt sie fest, während seine Augen weiter auf das gemalte Bild vor ihm starrten.

Irgendetwas passierte hier. Doch er konnte es nicht greifen. Und er konnte es nicht umgehen.

Es fühlte sich an wie ein kleiner Splitter, den er spürte. Bei einigen Berührungen. Bei einigen Bewegungen. Langsam hatte sich eine neue Hautschicht darüber gelegt und wurde mehr und mehr zum Teil von ihm. Ein Fremdkörper, der sich in ihn bohrte. Und es fühlte sich schlecht an. Es tat weh. Etwas Winziges, was ihn so sehr störte, dass es immer mehr zu einer großen Sache wurde.

»Du musst mir glauben, Lukas!«, wimmerte ihre Stimme in sein Ohr, das nass von ihren Tränen war.

»Ich glaube dir.«, antwortete er und drückte sie noch einen Deut fester an sich.

In seinem Kopf tobten tausende von Fragen.

Woher kennt sie diese Gesichter?

Wer waren diese Menschen?

Wer hatte ihre Gesichter hier in ihr Logbuch gezeichnet?

Warum?

Was ging hier vor sich?

Langsam legten sie sich gemeinsam hin, und Lukas warf die Bettdecke über sie beide. Hielt sie weiter fest. Küsste ihre Stirn.

Wollte fragen. Traute sich nicht. Wollte Antworten. Wusste, er würde keine bekommen. Oder wenn, nur Lügen.

Er schloss die Augen, vernahm ihren ruhigen Atem. Sie war eingeschlafen. Und er zermarterte sich die Birne. Stellte sich wieder und wieder dieselben Fragen. Spekulationen. Keine Antworten. Fantasiegebilde. Zweifel. Die Suche nach Erklärungen.

Wer? Wer waren diese Menschen? Wer hatte sie gezeichnet?

Wer lag hier neben ihm? Wer trieb hier sein Spiel mit ihnen? Wer war der Onkel? Warum wurden sie hierher eingeladen? Was zur Hölle ging hier vor sich?

Mit all diesen Fragen schlief er irgendwann einfach ein.

24.

Hier saßen sie also. Die alten Herren. Und überall roch es nach leckerem Fisch. Auf den Grills vor den kleinen Restaurants wurden Hühnchen, eingelegt und in einer scharfen Sauce, kross gebraten. PIRI PIRI nannten sie es hier. Irgendwie schade, dass er den Geschmack nicht probieren konnte.

Und hätte Lukas seinen Blick nur etwas weiter nach links auf den Fernseher gerichtet, oder aber weiter nach rechts zu der alten Frau im Café, deren Gesicht hinter einer Tageszeitung verborgen lag, dann wären ihm die Berichte aufgefallen.

Er hätte das Haus erkannt, vor dem nun ein Reporter Posten bezogen hatte, während im Hintergrund ein Polizeiwagen stand. Keine Schar, wie man es aus amerikanischen Serien kannte.

Er hätte den Wagen erkannt, in dem eine Person in Uniform nach etwas suchte.

Ihm wäre der Text aufgefallen am unteren Bildschirmrand. Auch wenn er es nicht hätte übersetzen können. Aber wenn, dann hätte er sofort angehalten. Hätte Emilia am Arm gepackt. Wäre mit ihr zu dem Fernseher gegangen oder hätte der Frau die Zeitung aus der Hand gerissen.

Sein Herz hätte sich überschlagen.

Cynthia war tot.

Ermordet.

Eine Bekannte aus dem Nachbardorf machte sich Sorgen, nachdem sie mehrfach angerufen, aber niemanden erreicht hatte. Auch Anrufe auf dem Handy blieben unbeantwortet. Nachrichten wurden nicht gelesen, signalisierten ihr die beiden grauen Häkchen in der Massenger App. Also war sie nachmittags zu dem Haus gefahren, an dem sie bereits am Abend zuvor gewesen war.

Sie hatte das kleine Haus betreten. Hatte nach ihrer Freundin Cynthia gerufen, fand einen handgeschriebenen Zettel auf dem Tisch, suchte weiter und fand ihre alte Freundin schließlich leblos auf dem Bett liegend. Erst dachte sie, sie schliefe noch und zog vorsichtig an dem Kopfkissen, das halb auf ihrem Gesicht lag.

Von Übelkeit überrumpelt hatte sie dann direkt auf den Teppich gekotzt, als sie die tote, bläulich verfärbte Fratze unter dem Kopfkissen erblickte. War fast ohnmächtig geworden, schaffte es aber, rücklings aus dem Raum zu torkeln, brach im Flur zusammen, kramte in ihrer Tasche nach dem Smartphone und rief die Polizei, der sie panisch, hektisch und zusammenhangslos versuchte mitzuteilen, was sie entdeckt hatte.

Mehrere Minuten später traf der erste Streifenwagen ein. Der Polizist traf die Freundin des Opfers vor der Eingangstür an. Wie er anhand der Stummel um sie herum schlussfolgerte, rauchte sie hier draußen eine Zigarette nach der anderen und hatte sich nicht vom Fleck bewegt.

Ohne ein Wort zu sagen, betrat er das Haus. Er bekreuzigte sich, als er die Leiche fand und forderte umgehend, so professionell er konnte, Unterstützung an. Dann begann er, Fotos vom Tatort zu machen.

Cynthia hätte zuvor Besuch gehabt aus Deutschland. Zwei junge Leute, die zur Beerdigung angereist waren. Der Polizist notierte mit krakeliger Handschrift alles auf seinem Notizblock, was ihm die ältere Dame sagen konnte. Die Namen. Wie sie aussahen. Mit welchem Fahrzeug sie unterwegs waren. Dass sie am Abend noch gemeinsam getanzt und getrunken hatten. Die Stimmung gut gewesen sei und sie nicht den Eindruck hatte, als sei etwas komisch gewesen. Sie gab zu, dass sie allerdings »angetrunken« nach Hause gefahren sei und natürlich nicht wisse, was dann hier passiert sei.

Es dauerte gut zwei Stunden, bis die Kommissare der GNR, der

Guardia Nacional Republicana, aus ihrem Brigadehauptsitz in Évora eingetroffen waren.

Man gehe von einem Mord aus. Im Haus der Verstorbenen habe man eine schreckliche Entdeckung gemacht. Aus einsatztaktischen Gründen könne man derzeit keine weiteren Details bekanntgeben, aber man konnte unter anderem hochbrisantes Filmmaterial sicherstellen. Die Entdeckung werfe neue Fragen hinsichtlich einer Vermisstenserie in der Vergangenheit auf. Außerdem könne der Fund Hinweis auf das Mordmotiv geben. Man würde die Zuschauer über den Entwicklungsprozess in diesem Fall auf dem Laufenden halten.

Das alles hatten Lukas und Emilia verpasst und schlenderten weiter mit ihren Natas im Mund durch die kleinen Gassen. Sie machten Bilder vor den mit Kacheln überzogenen Wänden. Fotografierten Hausfrauen, die auf den zwischen den Häusern gespannten Leinen Wäsche aufhängten, und unterschieden sich nicht von anderen Touristen.

Langsam begann es in Lukas' Kopf, genauer gesagt, an seinen Schläfen, zu pochen. Es war ein drückender Schmerz. Die Sonne blendete ihn, und es fühlte sich an, als quetsche jemand seine Augen in die Höhlen zurück. Schnell kramte er nach der kleinen Dose mit Medikamenten in seiner Tasche, welche wiederum natürlich in seiner Jacke im Bus war. Fuck. Er wusste, dass Kopfschmerzen bei ihm schnell zu Übelkeit führten, und dann würde er kotzen müssen. Auch brauchte er schnell etwas zu trinken. Vermutlich hatte er einfach zu wenig getrunken heute, und das machte sich natürlich bei den Temperaturen bemerkbar.

Hastig trank er das Wasser aus dem kleinen Laden an der Ecke. So schnell, dass ihm erst recht kodderig wurde. Er brauchte seine Tabletten. Ruhe. Dunkelheit. Vielleicht ein wenig Schlaf. Ja, ein kleiner Nap. Ein kurzes Nickerchen würde ihm guttun.

Er wollte nicht zu jammernd oder klagend klingen, tat es aber vermutlich dennoch, als er Emilia davon erzählte. Sie sorgte sich dann immer um ihn wie um ein kleines Kind.

Hier lag er also nun, im Bus auf einem Parkplatz, hatte sich das Stoffschwein über die Augen gelegt, lag an sie gekuschelt und war eingeschlafen, während sie in einem Buch lies.

Hier fühlte er sich sicher. Gut aufgehoben und zuhause. Mehr als das brauchte er nicht. Kein großes Haus, kein teures Auto, nichts von all dem materiellen Reichtum. Er wollte nur frei sein. Mit ihr und dem Bus die Welt erkunden. Möglichst viele Momente aufsaugen. Sie lieben. Von ihr geliebt werden. Irgendwann vielleicht Kinder haben. Ein winziges, muckeliges Haus mit Kamin, mit Liebe zum Detail dekoriert, irgendwo in einem Wald nahe dem Wasser. Mit genügend Zeit, kreativ zu werden. Vielleicht sein eigenes Buch schreiben. Vielleicht weiter an seinen Gemälden arbeiten. Vielleicht doch handwerklicher werden.

Oder einfach all die Bücher lesen, für die er sonst keine Zeit hatte. Irgendwie tat es gar nicht so richtig weh. Also eigentlich war er überrascht und hatte es sich schlimmer vorgestellt. Seine Augen waren eher vor Entsetzen aufgerissen. Entsetzt darüber, dass sie hier ihm gegenüber lag und das Messer in seinem Bauch umherdrehte. Vermutlich hatte sie seine Leber durchbohrt, einen Teil der Lunge erwischt, die Niere angekratzt oder aufgespießt. Es fühlte sich warm an, als seine linke Flanke im eigenen Blut zu schwimmen begann. Angenehm. Anders als die Kälte, die seinen restlichen Körper erklomm.

Verliebt schaute sie tief in seine Augen, und auch er konnte den Blick nicht von ihr lösen. Genoss diese Zweisamkeit. Dieses innige Gefühl.

Jetzt kam der Schmerz, und mit letzter Kraft versuchte er, ihre Hand samt des Messers zu greifen und aus sich heraus zu ziehen. Dumme Idee … mach das nicht … soll man nicht … wusste er.

Blut begann aus seinem Mund zu quellen, und seine Pupillen weiteten sich. Nahmen sie nur noch schemenhaft wahr.

Dann küsste sie ihn.
Erst auf die Stirn.
Dann auf den Mund.
Dann stach sie erneut zu.
Um sicherzugehen.

25.

»Pscchhh«, sagte sie und hielt ihn fest.

»Ruhig, Baby.«

Immer noch zappelte er umher und versuchte, sie von sich zu sto-
ßen. Die Augen geschlossen, aber man konnte sehen wie sie unter
den Lidern hin- und herflogen. Er strampelte und trat um sich und
Emilia versuchte ihn zu wecken, aber nichts passierte und langsam
bekam sie Angst. In ihrer Unsicherheit griff sie nach der Flasche
Wasser auf der Abstellfläche und schütte davon etwas über ihn.

»WACH AUF ... DU TRÄUMST!«, rief sie, und dann riss er
die Augen auf. Seine Seite des Bettes war völlig durchnässt vom
Schweiß.

Sie strich ihm die nassen Haare aus dem Gesicht, während er
versuchte sich, nach Luft schnappend, zu orientieren. Er griff nach
seinem Bauch, hielt sich die bleichen Hände vor die Augen, begutachtete wieder sein Abdomen, nur um festzustellen, dass hier
keine Wunden waren. Dass es ihm gut ging. Und er lebte. Und
Emilia hier verängstigt neben ihm lag. Im Bus. Auf dem Parkplatz. Er schlug die Hände vors Gesicht und schüttelte den Kopf,
um sich zur Vernunft zu bringen. Noch immer versuchte sein
Atemzentrum, seine Atmung zu normalisieren. Er hatte so sehr
hyperventiliert, dass seine Finger kribbelten und fast steif waren,
als wären sie eingefroren.

Lukas schloss die Augen. Ging in sich. Öffnete sie wieder – und
dann erst konnte er Emilia berühren, sie küssen und ihr sagen,
dass es ihm leid tue.

»Wofür?«, wollte sie wissen, und er konnte nur ahnen, wie er ihr hier auf diesem engen Raum wehgetan haben musste, wenn er so sehr um sich geboxt und getreten hatte, wie in seinem Traum.

»Pscchh … ruhig, mein Herz«, sagte sie und nahm seinen Kopf an ihre Brust.

»Das war so echt!«, brachte er kratzend heraus, und sein Hals schmerzte beim Sprechen. Erst jetzt nahm er seinen Mundgeruch wahr und war selbst angeekelt.

»Ich weiß. Das ist es immer.«, sagte sie beruhigend. Als wüsste sie, was er geträumt hatte.

»Aber weißt du was? Wir kochen jetzt was. Und dann gehen wir später schwimmen. Heute Nacht. Nur du und ich. Unter den Sternen.«

Lukas löste sich aus seiner Haltung und schaute sie interessiert an.

»Mitternachtschwimmen?«

»Genau. Aber du musst dicht bei mir bleiben. Sonst bekomm' ich Angst. Und keine scheiß Tricks oder so ein Unfug. Keine gruseligen Sachen, versprochen?«

»Versprochen«, bestätigte er und war hellauf begeistert von der Idee. Er würde mindestens genau so viel Schiss haben. Im Wasser. Draußen. Nachts. Nur das Licht vom Mond und von den Sternen.

»Aber eigentlich«, begann sie zögernd, »möchte ich woanders mit dir hin!«, und sie verzog ihr Gesicht, was sie immer dann tat, wenn sie etwas wollte. Genauer gesagt, wenn sie etwas unbedingt wollte, aber wusste, dass es etwas Geschickes bedurfte, ihn dazu zu bringen, mitzuziehen, und wusste, dass diese süße Art von ihr meist zum Erfolg führte.

»Woanders hin? Wo denn?«, hakte er nach.

»Es gibt da einen Strand. Ich hab den mal bei Instagram gesehen, und der ist eher wieder in die andere Richtung. Richtung Cynthia. Aber da soll es eine Höhle geben, in die man hineintauchen kann und es soll super schön sein. Ich möchte da gerne mit dir hin!«, flötete sie und legte ihren treuen Augenaufschlag hin.

»Oah, Em, echt? Ich mein, da fahren wir bestimmt 'ne Stunde

und die sehen doch eh alle gleich aus. Können wir das nicht auf dem Rückweg machen?«

Sie schaltete auf zickig.

»Wir fahren doch über Porto zurück, denk ich. Komm schon. Sei mal nicht so ein Miesepeter und Spaßverderber!«

»Spielverderber.«, korrigierte er sie.

»Beides. Komm schon.« Sie schmiegte sich an ihn wie eine schmusebedürftige Katze und kratzte mit ihren Pfoten an seiner Brust.

»Und was ist mit dem Ungeheuer von Sagres?«

»Da fahren wir morgen hin. Direkt. Versprochen. Ohne Zwischenstopp. Und wir bleiben da, solange du willst. Und ich werd nicht rumzicken oder mucksch sein oder Stress machen … und ich mach für dich Haloumi-Burger … mit Saté-Sauce. KOMM SCHON!«

Halbwegs überzeugt, vor allem des Essens wegen, stimmte er nickend zu und erntete einen dicken Knutsch.

Völlig aus dem Häuschen rappelte sie sich aus den Federn, zog sich ihre Klamotten an und wenige Minuten später waren sie unterwegs in Richtung dieses Strandes. Lukas wollte sich überraschen lassen und schaute aus dem Fenster.

Dieser Strand musste es ihr ungeheuer angetan haben, denn sie kannte den Weg, ohne einmal auf das Handy zu gucken. Nur einmal nahm sie einen anderen Weg, stellte aber schnell ihren Fehler fest, drehte fluchend um und war wieder on Track, bevor sie nach gut eineinhalb Stunden den Bus in Parkposition brachte, die Handbremse anzog und den Motor abstellte.

Okay, sie hatte recht. Es sah echt nett aus hier. Allerdings auch nicht anders, als an all den anderen Orten. Etwas weiter draußen war eine Felsformation, die auf den ersten Blick aussah wie ein Totenschädel. Man erkannte ganz deutlich die runde Form und dann die kleinen Höhlen, wie die Aushöhlungen für die Augen, und dann konnte man weitere Krater sehen, wo der Kiefer sitzen könnte.

»Hier?«, vergewisserte er sich.

»Ja. Da, dieser Felsen. Der ist dann halt unterspült, aber bei Flut gibt es einen Weg hinein. Und es soll sogar einen Cache dort geben.«

»Aber warum sollte man erst bei Flut da rein? Kann man doch auch jetzt!«, hinterfragte Lukas.

Sie tickte mit ihrem Finger gegen seine Stirn.

»Weil es nicht so spannend ist, du Noob!«

»Du bist 'n Noob.«, konterte er und tat es ihr nach, indem er gegen ihre Stirn tippte.

»Du hast ja nur Schiss!«

»Das sagt ja die Richtige!«

Er war kein Schisser. Sie war die Schisserin in der Beziehung. Nö, den Part würde er nicht auch noch übernehmen.

Langsam setzte sich in der Ferne die Sonne zur Ruhe, Emilia hielt ihr Versprechen und kümmerte sich um das Abendessen. Lukas saß draußen auf einer Decke und las SPIEGELSTADT, den letzten Teil der Trilogie von Justin Cronin. Eine Geschichte über einen Wissenschaftler, der seine Liebe verlor und daraufhin mithilfe eines Virus' die Menschheit ausrotten wollte. Mit Hilfe von zwölf zum Tode verurteilten Verbrechern, deren Schreckensherrschaft hunderte Jahre dauern sollte. Und über Amy. Das Mädchen aus dem Nirgendwo. Die einzige Hoffnung der Menschheit.

»Wir sollten auf jeden Fall die Neos anziehen später!«, sagte sie in Richtung der Pfanne, in der der Haloumi brutzelte.

Er nickte, ohne etwas zu sagen. Zu vertieft in seine Geschichte.

»Komm her, ist fertig!«, rief sie und musste es noch zweimal energischer wiederholen, bis er wirklich das Buch zuschlug und sich erhob.

»Oh das ist echt sooo gut, Mann. Das solltest du lesen.« Und dann berichtete er während des Essens von dem Buch und den Teilen die er besonders mochte und war so euphorisch, dass es auf sie wirkte, als wäre er neu in jemanden verliebt. Sie hörte zu, auch wenn ihre Gedanken woanders waren.

Dunkelheit zog über die Gegend. Als die Sonne unten war, ging alles ganz flink.

Ein Auto tauchte auf. Ein Typ mit einem Eimer und einer Stirnlampe stieg aus und ging in Richtung der kleineren Felsen.

Lukas und Emilia beobachteten ihn und fragten sich, was er dort veranstaltete, bis sie erkannten, dass er offenbar Krebse vom Stein pickte, um sie im Eimer verschwinden zu lassen. Die würden dann morgen auf den Tellern landen.

Sie dachten sich eine lustige Geschichte dazu aus.

Es gab nämlich ein Spiel bei den Felsbewohnern. Man durfte einfach nicht geschnappt werden. Und der am längsten überlebte, war der Chef im Ring. Im Moment war das Miguel. Miguel war eine Krabbe und war seit 96 Tagen nicht erwischt worden. Absoluter Rekord seit Aufzeichnungsbeginn. Esteban, an Platz 2, sah jedoch schon bald seine Chance auf Ruhm und Ehre, und wurde doch – zack – in einer Sekunde der Unachtsamkeit geschnappt, verschwand in einem Eimer aus Blech und musste sich dem Gelächter und Gekreische seiner Artgenossen hingeben.

Langsam aber stetig war der Wasserpegel gestiegen. Der Totenkopf war schon fast zur Hälfte im Meer versunken, und Esteban und seine Freunde waren mittlerweile unterwegs in eine der Gastroküchen in der Nähe.

Es war kurz nach elf.

Weit und breit war keine Menschenseele zu sehen. Unfassbar, dass es diese Orte noch gab. Diese pure Freiheit. Diese Ruhe. Dieses Gefühl von Einsamkeit und purer Naturverbundenheit. Manchmal konnte man hier vergessen, dass es noch andere Menschen gab. Oder Großstädte. Nur ein Flugzeug, weit oben am Nachthimmel, erinnerte mit seinen blinkenden Lichtern daran, dass noch eine Welt abseits dessen existierte. Eine Welt voll Hektik, Stress, Machtgier und Hass.

Und wenn es nicht um das Benzin ging, das sie brauchten, um von A nach Z zu kommen, oder um Essen, fragte er sich, wofür er überhaupt Geld brauchen würde, um glücklich zu sein. Hier hatte er doch alles, was er brauchte.

Der Stich traf seinen Arm, und als er mit der anderen Handfläche drauf einschlug, blieb nur ein blutiger Rest der Mücke und ihrer Eroberung zurück.

»Scheiß Viecher!«, fluchte er und löschte sämtliche Lichter im Bus.

»Ja, komm. Lass uns schwimmen gehen!«, insistierte Emilia und war schon dabei, sich in ihren Neo zu pressen.

Lukas kramte seinen hervor und friemelte herum, bis er endlich drin war und den Reißverschluss hinter seinem Rücken zuziehen konnte. Aus letzter Erfahrung gelernt, zog er diesmal auch seine Badeschuhe an.

Langsam und vorsichtig schritten sie durch den Sand, und nur das Mondlicht sorgte für ein wenig Helligkeit. Nicht viel, aber genug, um Hindernisse zu erkennen und nicht zu stürzen.

Das salzige Meerwasser schwappte kalt über ihre Fußgelenke.

Emilia atmete ruhig. Konzentriert. Keine Geräusche.

Langsam tauchte Lukas ins Wasser, nachdem er bis zur Hüfte reingegangen war.

Dann ließ er seinen Körper nach oben treiben und schwebte an der Oberfläche. Den Blick in den Nachthimmel gerichtet. Sterne … Tausende, nein, Millionen. So viele hatte er noch nie und nirgends gesehen. Es war schwer, überhaupt bekannte Konstellationen wie den großen Wagen oder Kassiopeia hier in all der Fülle auszumachen.

»Das wäre so geil, wenn man die ganzen Geschichten zu den Sternenbildern kennen würde!«, stellte er fest und ärgerte sich direkt, dass er all solche Sachen nicht wusste. Gut, er erkannte ein paar der Sternenbilder am Himmel, aber wenn man dazu noch die Geschichten der griechischen Mythologie erzählen könnte, damit würde man Eindruck schinden.

Erst jetzt registrierte er, dass er keine Antwort bekommen hatte.

Er löste seinen Blick vom Himmelszelt und suchte mit zusammengekniffenen Augen die Oberfläche nach Emilia ab.

»Em?«

Kategorie »Nicht witzig« – hätte das Känguru von Marc Uwe Kling gesagt.

»Em! Hör auf mit dem Scheiß. Wehe, du kommst jetzt mit so 'ner Aktion, die ich nicht machen darf!«

Doch dann entdeckte er sie, wie sie an dem großen Felsen hervorlugte.

Vielleicht 15, naja eher 20 Meter entfernt. Wie hatte sie das geschafft, da so schnell hinzukommen? Na gut, er lag ja auch schon einige Zeit hier und begaffte den Himmel.

»Hey, nicht so schnell.«, rief er und begann, in ihre Richtung zu schwimmen.

Als er ankam, war da aber niemand.

»Em?!«

»Hiiier!«, schallte es dumpf hervor.

»Wo?« Er versuchte, sie zu orten, während seine Augen den Fels absuchten und seine Finger den Bereich unterhalb der Wasseroberfläche, in der Hoffnung, eine Art Öffnung zu entdecken.

»Hieerr Lukas … Komm her!«

»Witzig.«

»Wo denn?«

»Du musst tauchen!«

»Haha … und wohin? Ich sehe nichts!«

»Guck mal nach unten, du Butterbirne!«

Er entdeckte einen Lichtschein. Nicht sehr deutlich, aber zu erkennen.

»Komm zum Licht.«

»Dein Ernst?«, fragte er und überschlug in seinem Kopf, ob er es schaffen würde, so lange die Luft anzuhalten.

»Tief Luft holen und dann komm her. Ich warte auf dich!«

Er holte tief Luft. Einmal. Atmete aus. Holte wieder tief Luft. Weitete seine Lungen. Auspusten.

Ihre Hand umklammerte den Stein.

Lukas saugte die Luft tief in seine Lungen. Füllte jeden Platz in seinen Wangen. Tauchte hinab.

Seine Augen fixierten das Licht.

Ihre Füße suchten nach Halt.

Er strampelte mit den Beinen und zog die Arme nach hinten, glitt tiefer. Sah den Eingang zu der Höhle und tauchte hinein. Seine Finger griffen in den Stein und er zog sich daran weiter in die Höhle. Noch hatte er genügend Sauerstoffreserven, und das beruhigte ihn.

Mit ihrer linken Hand hielt sie sich fest an der Gesteinsformation.

Dann tauchte Lukas auf, und noch bevor er ausatmen konnte, traf ihn der Stein mit voller Wucht an der Schläfe. Dann ein zweiter Schlag direkt auf die Schädeldecke. Ihm wurde schwarz vor Augen, und er schmeckte Salz und Eisen, bevor er bewusstlos wurde.

Sein Kopf hämmerte, als er zu sich kam. Er übergab sich sofort.

Er stammelte vor sich hin, wollte verstehen. War er zu früh hochgekommen? War etwas auf ihn herabgestürzt? Seine Augen erkannten, dass diese kleine Höhle fast vollständig geflutet war.

Emilia stand mit dem Rücken zu ihm. Langsam drehte sie sich zu ihm.

»Hier waren wir immer. Hier haben wir sie entsorgt. Nein … NEIN … Er … er hat sie hier hergebracht!«

Lukas verstand nicht oder wusste nicht, ob er verstehen sollte. Es dröhnte in seinen Ohren, und durch das Wasser darin nahm er alles sehr dumpf wahr.

Er wollte sich bewegen. War aber wie gelähmt.

»Was? Was redest du da, Darling?«, stotterte er heraus.

»Du wirst dafür bezahlen!«

Ihr Blick wurde finster.

»Du wirst hier mit ihnen verrotten. Genau wie sie. Wie jede von ihnen! Du wirst Fischfutter, du mieser Wichser.«

Schreiend schlug sie erneut mit dem Stein auf ihn ein. So gut es ging, versuchte er sie abzuwehren, während sein Hirn versuchte, zu kapieren.

Endlich bekam er ihr Handgelenk zu packen und stoppte ihre Bewegung. Gott, sie hatte so viel Kraft in ihrem Schwung, dass es ihm vermutlich den Schädel gespalten hätte.

»EMILIA!«

Er begann zu heulen und zu schlottern vor Kälte.

»WAS REDEST DU?«

»ICH BIN LUKAS!« Irgendwie aus einem Film geklaut, als würde sie das zur Besinnung bringen.

Aber das Wasser stieg weiter. Und unbemerkt auch schneller.

Seine Hände griffen sie und er schüttelte sie, klatschte ihr ins Gesicht, packte ihr Kinn und wirbelte ihren Kopf umher, als würde er so eine Blockade gelöst bekommen.

»Ey Emilia … HÖR MIR JETZT ZU. WIR WERDEN HIER ERTRINKEN. WIR MÜSSEN HIER RAUS, SOFORT. UND DANN BRING ICH DICH ZU EINEM ARZT!«

Er packte sie erneut, doch sie schien seine Worte überhaupt nicht zu hören. Nichts schien zu ihr durchzudringen. Und ihr Kopf stieß schon gegen die Decke der Höhle, während ihr Kinn unter der Oberfläche versank.

»EMILIA! Komm schon. KOMM!«

»DARLING!« Er küsste sie. Er legte seine Lippen an ihr Ohr und flüsterte ihr zu:

»Minevra wartet zuhause. Und wir müssen hier raus. In unserem Bus ist es schön warm. Deine Mama will morgen mit dir Bücher kaufen. Aber wir müssen JETZT los!«

Er hoffte so sehr, sie würde zur Besinnung kommen. Zu sich kommen.

»Fuck. FUCK EY!«

»EM … was ist denn bloß mit dir?!«

Er schlug ihr ins Gesicht. Mit der flachen Hand. Und es tat ihm mehr weh, als ihr.

Völlig apathisch starrte sie vor sich her.

»Du wirst bezahlen. Bezahlen. Du mieser Wichser. Damit hast du nicht gerechnet oder? ODER?!«, und sie lachte dämonisch und völlig außer sich. Wie besessen faselte sie vor sich her, während die Luft um sie herum immer knapper wurde.

Lukas versuchte so gut es ging, seinen Schmerz zu ignorieren und der Panik in sich Einhalt zu gebieten, Vernunft walten zu lassen. Seine Augen suchten nach einem Ausweg, obwohl er innerlich wusste, es gibt nur diesen einen durch das Loch weiter unten. Und irgendwo dort musste auch die Lampe liegen, denn ihr Schein sickerte durch das Wasser und erhellte dieses immer enger werdende Gefängnis. Das Wasser war durch das Blut dunkler geworden, und würden sie hier im Pazifik sitzen, würden vor der Höhle schon die Haie ihre Kreise ziehen, in Erwartung einer baldigen Mahlzeit.

Aber sie saßen vielleicht 50 Meter vom rettenden Ufer entfernt. Einfach nur in einer beschissenen Höhle einer Felsformation, die sich weiter mit Meerwasser füllte. Scheiß auf Ebbe und Flut, wozu brauchte man das eigentlich. Lukas verfluchte den Mond und sein Kopf ratterte. Er schluckte Salzwasser. Hustete. Übergab sich. Während Emilia da stand, als wäre sie eine Schaufensterpuppe, die Lukas hierher entführt hatte.

FUCK FUCK

Er muss hier raus. Mit ihr.

Oder.

Nein.

Doch. Mann.

Okay, aber nur, wenn es wirklich nicht anders geht.

Er packte sie ein letztes Mal.

Schaute ihr tief in die Augen.

Das Wasser stand ihnen bis zur Nase.

»Em. Wir tauchen jetzt!«

Er küsste sie.

»Hol Luft mit mir!«

Er atmete tief ein und schaute sie fest an, um sie zum Mitmachen zu bewegen.

Keine Reaktion.

Nicht aufgeben. Weitermachen.

»Einatmen. Ausatmen. Einatmen. Ausatmen. Okay, beim nächsten Mal tief einatmen und dann tauchen wir, Baby. Wir tauchen hier jetzt raus!«

Er holte übertrieben viel Luft, und dann tauchte er ab.

Seine Hand krallte irgendeinen Teil ihres Körpers. Aber sie rührte sich nicht.

Er tauchte wieder auf.

Überlegte kurz, ob er sie einfach bewusstlos schlagen und sie rauszerren sollte. Oder weiter auf sie einreden.

Mittlerweile war wirklich kaum noch Platz zum Atmen da.

Gespenstisch erhellte das Licht die Höhle.

Jetzt überkam ihn schließlich das Gefühl. Dass er es nicht überleben würde. Oder doch, aber dann ohne sie weiterleben müsste. Er würde sich entscheiden müssen. In Bruchteilen einer Minute. Sekunden vergingen, und er atmete, den Mund oben an die Felswand gedrückt. Versuchte, sich und sein Hirn zu resetten und plausibel und logisch vorzugehen.

Er senkte den Kopf.

Dann umklammerten seine Hände ihr Gesicht. Er küsste sie. Ohne zurückgeküsst zu werden. Und es war, als wäre das der Beweis gewesen, den er brauchte – dass er sie eh schon verloren hätte. Ohne noch einmal zu zögern, stieß er sich an den Felsen ab und tauchte hinab in Richtung Licht. Er entdeckte das Loch, durch das er gekommen war.

Wieder griffen seine Finger in die Löcher des Steins, und er zog sich heraus.

Dachte er.

Denn etwas hielt sein Bein fest.

Eine Hand.

Kräftig.

Zerrte an ihm.

Er versuchte, dagegen anzukämpfen. Sich zu befreien. Merkte, dass er mehr Sauerstoff verbrauchte. Panik. Angst.

Sein Herz schlug schneller. Sein Kopf schmerzte mehr.

Seine Hände krallten sich in den Stein, in der Hoffnung, stärker zu sein. Mehr Kraft auszuüben.

Doch er verlor den Halt, und mit einem Ruck zog die Hand ihn zurück in die Höhle.

Ihre Hände griffen panisch an seiner Haut entlang.

Bekamen sein Gesicht zu fassen.

Und dann sah er sie.

Emilia.

Sie war sie.

Wieder sie selbst.

Aber so voller Panik.

Und dann schluckte sie.

Wieder und wieder.

Wie ein Schluckauf.

Lukas schrie unhörbar ins Meer.

Ihre Augen weiteten sich.

Ihre Hand lockerte sich.

Schlaff schwebte ihr Körper.

Lukas griff sie.

Der Drang einzuatmen war kaum auszuhalten.

Er kämpfte dagegen an.

Ließ die verbrauchte Luft ab. Biss die Zähne zusammen. Der Schmerz in seinem Kiefer betäubte ihn, und er versuchte Halt zu finden. Wollte hier raus. Schnell. Er musste. Sonst würde er sterben. Jämmerlich krepieren. Ertrinken. Und mit der Ebbe würde das Meer ihn hinausziehen, in die Weiten des Atlantiks. Keiner würde sie je finden. Vielleicht würde aber doch ein Fischer

irgendwann ihre aufgedunsenen, halb aufgefressenen Körper

im Wasser treibend sichten, weil der Neo sie nach oben getrieben hatte. Vielleicht. Und selbst wenn. Wem würde das helfen?

Wer würde all das hier verstehen?

Wer würde sich aus all dem einen Reim machen können, wenn er, Lukas, es doch selbst nicht verstand?

Dann überflutete das Wasser seine Lungen.

Sein Kehlkopf verschloss sich reflexartig und würde sich nicht mehr öffnen.

Mit letzter Kraft hielt er ihre Hand fest. Und er sah sie.

Wie wunderschön sie war.

Wie sie lachte.

Als er keine Augen für niemanden sonst hatte.

Sie würde die Letzte sein. Das wusste er ab dem Moment, als er sie das erste Mal getroffen hatte.

Nur leider war das Ende nicht wie erwartet.

Sein Herz stellte die Arbeit ein.

Durch die Hypoxie bedingt, starb das Gewebe in seinem Hirn ab. Nach und nach erlosch das Licht. Bis es nichts weiter war, als eine dunkle Masse, randvoll mit Erinnerungen.

EPILOG

Nuno Ribeiro, dem Pressesprecher des Kriminalamtes, setzte die Hitze in dem überfüllten Raum zu. Schweißflecken verdunkelten sein blaues Hemd unter den Achseln. Im Sekundentakt tupfte er seine Stirn mit einem mittlerweile zerfetzten, fleckigen Taschentuch trocken.

Ihm war vieles noch genauso unklar wie seinen Kollegen. Es würde eine Menge kurzer Nächte in der nächsten Zeit geben, bis der Fall aufklärt wäre. Wenn sie es je schaffen würden.

Sie müssten die Puzzleteile erst zusammensetzen, bis daraus ein vollständiges Bild der Abscheulichkeiten entstehen würde. Bis sie an die richtigen Leute herankommen würden.

Räuspernd trat er an die Masse der Mikrophone, die sich wie Flakgeschütze vor ihm aufbäumten.

»Zum aktuellen Zeitpunkt können wir Folgendes mit Sicherheit sagen«, fasste er die Erkenntnisse der Ermittlungen zusammen.
»In dem Haus der Verstorbenen befand sich ein Raum, in dem wir Film- und Fotomaterial sicherstellen konnten. Darunter mehrere Datenträger mit Kinderpornografie, sowie Kontakte und Zugangsdaten zu einem internationalen Pädophilen-Netzwerk und zur sogenannten „Snuff-Szene". Die Dame des Hauses wurde ermordet. Am Abend zuvor war ein junges, deutsches Paar in dem Haus zu Besuch. Die sichergestellten Reifenspuren am Tatort passen zu dem Fahrzeug, welches am heutigen Tage einige

Kilometer entfernt gefunden wurde. Die Halterin des Fahrzeuges war eine Nichte des zuvor verstorbenen Heinz Dom, Lebensgefährte der Verstorbenen, der vor Kurzem beigesetzt wurde. Die beiden in der Nähe des Fahrzeuges aufgefundenen Wasserleichen befinden sich derzeit in der Gerichtsmedizin zur Obduktion.«

Er nahm einen Schluck Wasser aus dem Glas vor ihm, als die Finger der Journalisten in die Höhe schossen.

DANKSAGUNG

Eigentlich wollte ich hier all den wichtigen Menschen danken, die mir geholfen haben, dieses Buch zu veröffentlichen.

Den KritikerInnen, den TestleserInnen, den Cover-GestalterInnen, den Illustratorinnen und vor allem meinem Lektor. Eure Unterstützung war, ist und bleibt mein Treibstoff.

ABER:

Dieses Buch erscheint zu einer Zeit, in der es salonfähig geworden ist antidemokratische, rassistische, menschenverachtende Meinungen öffentlich zu vertreten, ungestraft den Arm zum Hitlergruß zu erheben, Jagd auf Menschen zu machen und dazu anzustacheln, diskriminierende Parolen in der Masse zu brüllen.

Ich könnte ein ganzes Buch schreiben und mich darüber aufregen.

Stattdessen sage ich DANKE.

Danke an alle unter euch, die sich dagegen stellen. Die ihren Mund aufmachen und nicht aufgeben den Alltagsrassismus im Keim zu ersticken.

Für eine Welt und Gemeinschaft kämpfen, ohne Diskriminierung jeglicher Art.

Danke für eure Aktionen, eure Angebote, euren Mut, euer auf-die-Straße-gehen, euer Anprangern, euer nicht-müde-werden bei all den Diskussionen.

Wir sind lauter.

Für eine Welt ohne Diskriminierung.
Für eine Gemeinschaft ohne Rassismus.
Gegen Faschismus.
Überall.
Immer.

Danke für Deine Zeit.
Das bedeutet mir wirklich sehr, sehr viel.

Ich würde mich freuen, wenn Du dir ein paar weitere Minuten nehmen könntest, um mein Buch zu bewerten. Dies kannst Du beispielsweise direkt im BoD-Buchshop oder aber anderen Online-Buchhandlungen tun.

Solltest Du mir direkt ein Feedback geben wollen oder aber Fragen haben, schreibe mir gerne eine E-Mail an:
storiesbeatstuff@gmx.de

Um mehr über mich und meine Projekte zu erfahren, folge mir gerne auf Instagram unter heyyy_coach
Oder besuche unseren Buchblog www.paperwoods.de .